幸福の一日間。
時間可以
抹去很多傷口，
卻帶不走
想愛不能愛的遺憾。
Novel@

人氣作家

穹風

著

那天，你的一架紙飛機就乘載走了我的思念，成了仲夏夜裡最美的缺憾；沒有好久好久的故事，卻有好深好深的烙印。流星劃過的天際最是璀璨，而他在身邊的那一天，會是記憶中最幸福的瞬間。

楔子

關於這樣的故事，我強烈地質疑著如何徹頭徹尾說得完整的可能，畢竟那燦爛的時間雖然短暫，卻影響了後來近乎半生的記憶與際遇，只是雖然這份記憶對我而言非常重要，但若拿來與那些曾經跋涉山海、歷盡風霜的大時代裡的前人相比，實則我的故事又顯得不值一哂，乃至於乏善可陳。但沒辦法，人的遭遇不同，活在這樣的時代，我就只好用自己的方式刻骨銘心著。

挑燈夜戰，坐在電腦桌前，直到落地窗那邊，窗簾都被日光透入了，我還是腸思枯竭，完全沒有頭緒，不禁感嘆，偶像劇的劇本真不是人寫的東西，那些天真爛漫到了極點，但偏偏又很賣座的愛情故事，到底都是誰編出來的？我在電視台編了好幾年的鄉土劇或民俗劇的腳本，這回公司希望開拓新的劇種領域，也想學那些友台，拍拍會賺錢的青春偶像劇，所以責任全著落在我們這些人的頭上。

劇本的第一章節通常有震撼人心的必要，第一幕無論如何要讓它驚天動地，後面怎麼樣，那是後面的事情，慢慢再想還不遲。幹這一行好多年，我非常明白這道理。不過這一刻我卻陷入矛盾之中，該不該讓這匠氣一樣揮發在我即將動筆的這當下，令人猶豫。

「我知道趕出來的東西都不會是好東西，不過妳要知道一個很重要的老生常談……」總監這樣開啟話頭時，我已經知道他的後半句要說什麼，「雖然咱們做的是藝術，但也是商品。這是個商業導向的公司，重點在於經濟效益，也就是錢。但這世界上的錢太少，搶的人卻很多，所以請千萬不能拖，不能慢，好嗎？」

「好。」我說得斬截，彷彿只差一個句點，稿子就能寄出去似的。但掛上電話後，所有苦惱的情緒就又瀰漫上心頭，我幾乎找不到一個可以稱之為起點的地方，而這是距離交稿期限只剩半個月時的心情。

其實我很想寫寫關於他的故事，不過那個故事不好寫；寫完可能會被退稿，總監會說這故事太平淡也太老套；就算不退稿，演員的部分大概也會開天窗，因為放眼這個環境，除了帥跟美之外，我們的年輕演員實在演不出什麼像樣的內心戲。苦惱，我又喝乾了一杯茶，換掉茶葉，再沖一壺，然後再喝乾它一次，整晚不斷重複這樣的動作。

「阿彧，妳還不睡嗎？」背後傳來敲門聲，小七在外頭問：「我猜妳應該還醒著吧？」

「是呀。」沒開門，拉開窗簾，外面天已經亮了，再一看電腦螢幕上顯示的時間，早上七點整，多年來作息規律的小七已經起床，準備上班。一般的女人從睜開眼睛到走出門口，包含梳妝打扮，大約只要半個小時，但她不同，什麼隔離霜、粉底液自是基本項目，她是那種連一根眉毛歪了，都給小心扶正的人。諸多繁瑣的步驟都不能免的結果，是她得比別人多花上一個小時才能準備就緒。我們在這棟舊公寓裡住了好多年，這些年來，她都在同一家出版社當編輯，而我都在幫同一個電視台寫劇本。但諷刺的是，我偶爾會到人來人往的電視台開會，可是從來沒化過什麼妝；而她的工作環境裡永遠都是那幾個人，然而若沒有塗塗畫畫一番，她就覺得自己跟沒穿衣服一樣，不能出門。

「女人，這樣熬夜，妳會快速衰老的。」嘆口氣，她在外面說。

「算了吧，沒人愛的女人是不需要煩惱老或不老的問題的。」門內，我說。

「這是錯誤的反向邏輯思考方式。」她聲音稍遠了點，大概已經走向了廚房方向。

「但這是最實際的。」於是我提高音量。

「最實際的做法，是妳應該放假了，讓自己喘口氣吧。」更遠點，她說。

喘口氣，多麼奢侈的想法啊。九點半過後，我站在陽台邊，看著外面陰雲密佈，要雨不雨，甚至也搞不清楚究竟是烏雲或空氣污染，總之就是一片鉛灰的台北天空。這裡才公寓二樓高，但公寓蓋在半山腰，所以即使只是二樓，依然有不錯的視野。我凝眸遠眺，城裡有數不盡的辦公大樓跟建築物，左邊一點點是北二高的安坑交流道，碧潭方向隱約可見高架路段上的來往車輛。這座城裡的人口數早已超過百萬，每天從它的衛星都市，經由這些公路或捷運，前往市區上班的人還不知道有多少。假設這時間，同時處在這城市裡的人數總共有一百二十萬人，那麼他們就有一百二十萬個故事，這一百二十萬個故事，如果各自都拍成十五集的單元劇，那要播幾年才播得完？我站在陽台上天馬行空地瞎想，但想了半天，卻根本不知道自己的思緒究竟飄向了何方。

啜一口喝膩了茶以後，想換換口味而從冰箱裡拿出的罐裝咖啡，早已失去溫度，但依舊甜膩膩的液體滑落喉嚨，我忽然在想，這不就是當年他最討厭的咖啡嗎？以前他總是嫌棄，說市面上賣的咖啡太難喝，那種添加了過度糖分與奶味的東西實在不能稱之為咖啡，而調製出這種咖啡的人應該五花大綁，拉去梟首示眾。

「那不然呢？」我都還記得，那年我是這麼問的。

而他笑了一笑，說：「不能怎麼辦呀，就等囉，等哪天終於有人認為咖啡可以有像樣點的喝法，並且把它們放到便利商店販賣時，我就會開心地買來喝，而且是一整箱一整箱地搬。」

「那你記得找我一起喝。」我說。

「好呀，等那一天到來時，我牽著妳的手，先一起走進便利商店買那種好喝的咖啡，然後再一起手牽手走出來。」

「走去哪裡？」

「隨便啊，妳想走去哪裡？」

「走去私奔，你說好不好？」我笑著提議，但心裡其實非常認真。

「好。」而那時他只是開玩笑地回答。

是唷，我恍然驚覺，如果他也住在這城市裡，那麼這城市的故事就不到一百二十萬個了，它頂多只能是一百一十九萬又九千九百九十九個而已，因為，某一年裡，我們之間有所交集，低頭，左手虎口有道長長的傷疤，經過那麼多年，疤痕始終都在，一點淡去的跡象也沒有。那是我們各自的故事卻曾經重疊的證據，也是我煎熬一整晚卻依舊難以下定決心的原因，這故事我想寫，但難寫；寫了以後，真的也很難拍，演員是問題，劇情更是問題。真糟糕，我又嘆口氣，就個人角度，那真是永生難忘的深刻，站在市場的角度看，則實在應該整本劇本送進碎紙機裡。

那一年，我十五歲，國中剛畢業，但是領到畢業證書的隔天，我又跑回學校。直到現在，我都還能夠清楚地記得，那是個下著滂沱大雨的日子。老媽萬分不解地看著我穿上雨衣，騎上我早就騎慣的輕型摩托車，準備出門。

「妳要去哪裡呀？」那時候她問。

「去跟男人私奔。」而那時我這麼回答，這個答案沿用到現在，每次我回老家，要出門，她若問起，我總是這樣說。

「噢，那請記得，一定要幸福喔。」而大約也從那時起，這樣的祝福她每次都說，結果說了十年，我距離幸福還很遠。

不過那時候我是真的想跟男人私奔的，就如那天早上出門時的心情一樣，我希望到了學校，很快就能見到他，也許他哪根筋不對的話，就會牽著我的手，問我要不要一起私奔。

但是這個想像沒有那麼快實現，那時，我知道學校裡有很多女同學都對他頗有好感，但沒有人敢開口告白，因為大家都知道那絕對是癡心妄想，有點腦袋的人就會清楚這一點，除非太陽打西邊出來，否則是沒有國中女學生可以追到男老師的。

✤愛情，應該超越一切。我認為。

關於一段夢境，多年後仍要如此迷惘朦朧，那究竟該是起點，或是終點？

犯著險地觸碰著，維谷間僅容悄悄思戀得這般卑微，

可奈何，天涯萬里都不過愛與痛的邊緣。

我隨著你手上的紙飛機就帶走了一生裡全部夢的能耐。

在十五歲那年。

「鋸子該休息了，過熱的鋸片會軟化，木板就會變得很難鋸開。」他拍拍那個滿頭大汗，但手上依舊不停拉動鋸子的學弟，說：「而且你這角度不太好，太垂直了。」說著，他拿起另一把鋸子，抵在木板上，使鋸刃跟木板呈大約三十度角，開始輕輕鋸了起來。

「看清楚囉，這個角度比較適中一點，往上拉的時候用點力，下去時則放輕鬆些，這樣就可以了。」示範一下後，他讓學生繼續練習，自己則又走到另一組人旁邊，看著大家正手忙腳亂地拿著捲尺跟麥克筆在丈量尺寸，他的表情看似興味盎然，似乎即使知道學生們的操作方式有誤，但還是想瞧瞧他們是否能夠找出不一樣的方法來，而這一看就看了好久，彷彿室內悶熱的空氣完全影響不了他。良久，他才出聲指點，告訴這些笨手笨腳的小孩們正確的丈量與計算方式。

「時間到了嗎？」巡視一圈後，他發現站在門口的我，於是踱了過來。

「還沒，不過大家應該都準備得差不多了。」我說。

點點頭，他回首看向教室裡，像是想要提早離開，但略一停頓，又對我說：「妳先過去吧，叫大家先等等，注意安全，先別急著用火。我這邊得先結束了才能過去。」

「可是這邊不是讓大家自己作業就好了嗎？」我問。

「一樣是安全問題，他們手上的工具都有一定的危險性，我不能隨便離開現場。」他很鄭重地說。

那天，我覺得他是個很重視「安全」，而且追求謹慎的人。在對話的當下，偷偷地，我心裡有一點點不安，但語調跟表情還是裝得很鎮定，絲毫不讓他察覺出來。這人個子不算太高，但是頭髮有點長，尤其是前額的地方，劉海幾乎快要遮住了眼睛。我很懷疑，學校怎麼會容許老師有這樣的髮型？不過外型只是表象，沒必要過度介懷，更多時候，我們都只看見他在工藝教室裡發揮巧思，中庭走廊上常常展示有他別出心裁的雕刻作品；或者，我們會在烹飪教室裡看見他聚精會神地示範煮咖啡的技巧，一顆顆深褐色帶著油亮的咖啡豆，在磨豆機裡響了一陣後，就開始瀰漫出咖啡香氣，而他不會浪費太多時間，一邊講解，一邊也繼續動作，然後就像魔術一般，虹吸壺裡變出了一杯杯香氣四溢的咖啡，雖然，喝起來其實很苦。

「差不多可以了。」在工藝教室外面又等了好一會，看著他叫學生們停止動作，針對各組的半成品一一講評，再等大家收拾好工具，陸續離開後，他鎖上教室的門，這才準備離開。把鑰匙收進口袋裡，本來走在我前面幾步的，忽然間他卻又停下腳步，回過頭來，很疑惑地看著我：「我沒記錯的話，妳名字很特別，對吧？」

點頭，我的名字確實很少見。姓丁，就單名一個彧。

「妳知道三國時代有個很有名的軍師，跟妳有一樣的彧字嗎？」

我又點頭，荀彧，他是曹操陣營裡很有名的軍師人物。

「不錯，這是個有典故的字，但是妳知道這個人物的典故嗎？」

我還是點頭，歷史上的荀彧曾經幫曹操建立起極大的政治與軍事勢力，可惜後來因為反對曹操就任魏王，結果被曹操給逼死。這故事很小的時候聽我爸說起過，他就是喜歡這個帶著悲劇色彩的歷史人物，又期許自己的小孩能夠充滿智慧，所以才替我取了這個名字。

他露出讚賞的表情，難得地把隨便披散在眼前的頭髮撥開點，用喜悅的口氣對我說：「還不錯，這年頭，會對歷史有興趣的女生不多了。」

只能抱以淡淡的微笑，其實我對歷史也沒多少熱情，真正喜歡歷史的人是我老爸，而我只是很純粹地因為這是自己的名字，所以才多聽他講起一些。我爸是個性格稍顯嚴肅，平常有點沉默，但一開口充滿廣東腔調的半老男人，他這輩子最大的兩個心願，其一是將我祖父的骨灰送回香港安葬，其二則是親眼去瞧瞧那些他讀了大半輩子的三國故事的發生地。但這些願望至今都還沒能完成，為了維持家計，他每天都得辛苦工作。

工藝教室在六樓很偏僻的角落，之所以這麼遠，大概是怕那些機器的嘈雜聲會妨礙上課吧，而從這邊走過去，至少要走一小段路，因為烹飪教室在靠近學生午餐中心的廚房那邊，不但得先走下六樓的階梯，還得穿過中庭。我原本以為他還會有話要說的，沒想到話題就僅止於此，他的步伐很快，跟在後面，我只能望著他的背影，一邊走，一邊拍落沾在黑色上衣上的木屑灰，偶爾還會稍微屈身，也輕拍牛仔褲上的髒污。其實他一點都不像老師，昨天晚上，我們一群人出去吃飯，孟庭才說到這一點。放眼看去，學校裡的老師通常就是那個樣子，實在沒有半點足以讓人有多看兩眼的興致，尤其是我們班導，幾十歲的老人了，還整天在那稀疏的濯濯童山上狂抹髮油之類的東西，非但可笑，而且還散發出一股難聞的味道。孟庭就說了，男人就應該像阿諺一樣才行，瀟灑，又不失輕浮。阿諺就是走在我前面的男人。

剛升上國三那年，我們學校換了一個作風非常新潮的教務主任，新主任初來乍到，對於原本封閉的校風非常不以為然，除了注重升學率之外，他認為學生各方面的發展也不該偏廢，所以大力主張要擴張校內的社團風氣，既有的各類課程，比如童軍、工藝或家政之類，也不該被升學課程所剝奪，堅持大家要按表操課。拜他所賜，我到國三了，才第一次走進工藝教室，當時面對那滿坑滿谷的木工機具時，我們心裡其實老大不樂意，算數學也好，背單字也罷，至少都還可以舒適地坐在教室裡，頭頂上有電風扇涼涼地吹著，可是工藝課對我們究竟有什麼幫助呢？難道學會正確的拿鐵鎚方式，考試可以多得幾分嗎？

「媽的，我可不可以等一下就拿槌子，直接把手指給敲斷，這樣就可以輕鬆一整年了。」孟庭哀怨地說。

「那妳記得，只能敲左手手指，不然別說拿筆了，妳連筷子都沒辦法拿，那可就好笑了。」我調侃了一下，幾個同學都笑了出來。大家也不曉得該如何分組，只能四散找位置坐，我看見有些男同學已經好奇地開始端詳起機具。

「在沒有得到老師的指示前，那些東西最好別亂動喔。」正當大家聊天的聊天、亂玩機器地東摸西摸之際，門口走進一個穿著無袖背心、迷彩長褲的年輕男人，他的頭髮些許凌亂，臉上有汗，看來也非常受不了這六樓的階梯折磨。

「坐好坐好，上課了。」原本我還以為他可能是什麼工友之類的，正想問問孟庭，咱們學校什麼時候請了一個這樣的職員，結果他居然就在黑板上寫下自己的名字，自我介紹著：「我跟你們一樣，不喜歡爬這六樓的樓梯。不過沒辦法，這一年裡我們誰也逃不掉，每個星期都得走上這麼一次。你們來學怎麼玩木工，而我負責教你們怎麼玩木工。除此之外，你們如果不怕死，也可以在國三這年來報名，新學期有很多新社團，我負責帶工藝社，內容一樣，就是玩木頭。」

那是我對他的最初印象，兩節課過後，大家都非常喜歡這個老師，還直接叫他阿諺，他居然一點都不介意。而自那時起，我跟孟庭一樣，都很期待每週三下午的工藝課，雖然一整年下來，我們什麼也沒真正做完過。不過那無所謂，因為國三上學期結束前，有一次在工藝課，他忽然又對大家說，下個學期開始，他跟午餐中心協商，請他們提供協助，他還要多開一個咖啡研習班，就在週三社團活動課結束、放學後才開始，大家有興趣又更不怕死一點的話，可以去報名參加，學著煮咖啡、喝咖啡。

「其實呀，像這樣玩了兩個小時的木頭之後，喝杯好喝的咖啡，真的是莫大享受。」快走到咖啡研習班的教室時，他將我從一年前的回憶裡給拉了回來。

「可是工藝教室很熱，咖啡也很燙。」我說。

「心靜自然涼囉。」他輕鬆地說著。就在我們穿越中庭，即將走到午餐中心附近時，他突然又停下腳步，一臉疑惑地轉頭問我：「不對呀，我應該沒記錯才對，妳好像上學期一開始就在我的工藝課，而下學期則是第一批咖啡研習班的學生，對吧？」

「對呀。」我錯愕了一下，他怎麼這時候才問這個。

「那這樣就怪了呀，」站在原地，他愣愣地說：「工藝課是三年級的課，第一期咖啡研習班也在前幾週結束了，現在是第二班剛開始。」想到什麼似地，他看著我，問了個很難回答的問題：「那這樣說來，妳應該參加了昨天的畢業典禮，是嗎？」

「對。」我心裡一突，只能誠實點頭。

「所以妳是應屆畢業生，對不對？」

「對。」硬著頭皮，我又點頭。

「那……」他用很新鮮的表情，帶著微笑問我：「請問一下，丁校友或小姐，為什麼這時候妳還在這裡？」

✣因為你。

「大學畢業是廿三歲左右，當完兵回來大約廿四歲多，頂多讓他再浪費半年到一年的生命，然後就找到這份工作，如此算來，阿諺頂多廿五歲上下，也就是說，他大概只比我們大十歲左右而已。」屈指算著，孟庭說：「不算多嘛，我爸也比我媽大了好幾歲。」

「妳爸不會剛好也是妳媽的國中老師吧？」

「還高中校長呢，白癡。」瞪我一眼，她說。

這是玩笑話，卻也再實際不過呀，如果他們一個是公司職員，另一個是上司或主管，相差十歲，談個戀愛是無妨，結婚也沒關係，十歲而已嘛，不是天大的距離。但問題是，誰看過國中老師跟國中女生談戀愛的？這成什麼體統？

「怎麼，法律有規定國中女生不能談戀愛嗎？」我把自己的想法告訴孟庭，但她卻不以為然地說：「拜託，這什麼年代了，睜開眼睛看看，光想想妳自己就好，這兩年多來，妳交過幾男朋友？」

「兩個。」

「那就對了呀，國中女生當然可以交男朋友，問題只在對象是誰而已。」孟庭說。

「可是阿符就沒有談過戀愛。」指指坐在旁邊，一直在聽我們對話，過程中不斷發出「呵呵呵」傻笑的一個小眼睛女生。她是我們的死黨之一。

「她不是不談戀愛，而是沒有男人喜歡只會傻笑的女生。」孟庭嘆口氣。

三個人當中，比較起來，我覺得自己可以算得上是正常。孟庭很倔強，而且脾氣暴躁，國二那年，有一次，我們班的男生午休時間太吵，鬧得不可開交，孟庭一怒之下，站起身來，一言不發地走到那群男生面前，狠狠地就是一拳，打得其中一個鼻血直流，讓全班為之傻眼；至於阿符，她的姓很特別，就這個「符」字，安靜的時候是小眼睛的可愛女生，可惜除了睡覺以外，她沒有安靜的時候，整天就是傻笑跟耍白癡。

「欸，我有談過戀愛啦。」聽我們的數落，她抗議。

「是嗎？跟誰？」質疑的態度，我問。

「以前補習班的男生，我們每個星期六下午都去約會耶。」她說得非常認真。

「約會？」我懷疑阿符真的知道什麼叫作約會，於是又問：「你們去哪裡約會？」

這問題讓她臉上忽然一紅，扭捏了一下才說那將近三個月的時間，她經常在週六下午跑到男生家裡去。

「真的假的？」孟庭咋舌不已，居然可以約會約到對方家裡，這可不是簡單的小事。

不過我依舊不相信，於是又繼續追問，他們約會時都在幹嘛。

「這個嘛……」被我一逼問，她欲言又止。

「有做那個嗎？」我說的是性行為，而阿符難為情地搖頭。

「那抱一抱，摸一摸，有嗎？」我用手戳向阿符的胸部，她急忙害羞地閃開，然後又窩囊地搖頭。

「至少有親嘴吧？」我不斷降低門檻，然而阿符還是給了讓人失望的答案。

「那妳到底去他家幹嘛？」始終聽不到讓人滿意的答案，孟庭已經不耐煩了：「難道妳去他家掃地或洗衣服嗎？」

這話不說還好，剛講出口，阿符忽然眼睛一亮，呵呵地笑了兩聲，說雖然沒有洗衣掃地，不過倒是在他家刷過鞋子。

「刷鞋子？」異口同聲，我跟孟庭都大為錯愕，沒事跑去男生家幫忙刷鞋子？這種約會內容還真稀奇。孟庭還問了一句：「為什麼要刷鞋子？那個男生的鞋子很噁心嗎？」

「這個嘛……也不是啦……」又是尷尬地囁嚅了好半天，她才勉強吐出這幾個字來：「就我的拖鞋發霉呀，時間太長了，所以刷不起來。後來我拿去他家，他幫我刷了很多次才刷好……」

於是我們決定轉移話題，不想再繼續聽這些噁心的內容，孟庭開始說起她一個堂姊的愛情故事，那也是老少配；旁邊的阿符則不管已經沒人要聽，還不斷強調那是一雙很貴的拖鞋，只是上面長滿了綠色的黴菌。

「妳有時間在這裡瞎鬼混的話，不如幫幫忙，去練半個小時的鋼琴吧，好嗎？」坐在電腦前面，正痛快地在網路遊戲裡狂打怪的老女人對我說：「妳知不知道，鋼琴擺在那邊，太久沒彈，琴鍵都快生鏽了。」

「琴鍵不會生鏽，瞎掰也要用點腦袋。」端一碗綠豆湯，坐在她旁邊，一起專注地看著螢幕，我問她為什麼練來練去，等級始終這麼低。

「那是因為我沒有很認真。」沒有四目對望，我們兩個人的四隻眼睛都盯著螢幕。她簡直是在隨口回答。

「那妳為什麼不認真？」

「因為我還要認真工作賺錢，一碗綠豆湯只能賺幾塊錢，可是妳卻一碗接一碗拚命喝，而且每個月要花我好幾千塊錢去學鋼琴，可是學了又不練習呀。」早知道不要問，老女人終於側過臉來，可是只瞪了我一眼，馬上又移開視線，回去看她的遊戲畫面。

「我有在練啦，真的。」我趕緊轉移話題：「對了，我們要寫一篇短篇作文，主題是媽媽的故事。」

老女人說這有什麼難的，寫故事應該很簡單才對。但我搖頭，特別強調這必須是一篇具有真實性的故事，所以得做個實際的調查。

「要寫妳媽的哪一段故事？」

「就愛情故事吧，妳看如何？」綠豆湯還沒喝完，但我已經成功轉移了她的注意力，把湯碗放下，拿過紙跟筆，假裝要做筆記的樣子，我問她：「我媽跟她老公的愛情故事應該很有看頭，對不對？」

「算是。」想了想，她回答。

「我先說說我知道的，然後妳比對妳腦袋裡的資料，再看有沒有什麼出入。」我說：「我媽剛認識那個男人的時候，年紀只有十七歲，本來十七歲應該是荳蔻年華，有大好青春在前面等待的，可是也許是因為發情期來得太早，所以不小心就被誘拐了。不過那個男人也不算沒良心，雖然年紀比我媽大了八九歲，而且講話的口音很奇怪，但至少已經有了正當的工作；儘管在菜市場做生意不算太有前途，然而他很勤奮，因此我外公就算不高興，但最後終於還是點頭。反正女兒肚子都被弄大了，不生下來也不行，對不對？」

「對，但是也不對。」老女人還在玩遊戲，她一面打怪，一面說：「首先，那個男人不是在菜市場做生意，他是推著推車每天到處跑，菜市場只是其中之一；其次，妳外公之所以答應婚事，固然是因為女兒大肚子了，但那只是原因之一，更重要的，是因為他相信自己女兒挑選男人的眼光，知道女兒不會選錯人。」

「嗯嗯，」點點頭，我的筆在紙上亂寫，因為這些都不是我在意的重點，事實上，老師說要寫篇什麼作文之類的，也只是亂講的理由，我真正想問的問題還沒問出口呢。

「還有，那個什麼發情期是怎樣？妳不要以為我沒聽到喔！」手很忙的時候居然還可以架我一拐子，她笑了一會兒，才認真地說：「愛情嘛，說愛了就是愛了，哪裡有什麼發情期早或晚的，又不是貓貓狗狗。」

「所以這意思是說，妳認為愛情不分年齡，不用在意自己或對方的年紀問題，是這樣嗎？」這才是我想問的。老女人也算人生閱歷豐富，問問她總沒錯。

「當然呀，管年紀做什麼？」本來說得理所當然，但話一出口，她忽然神色一凜，手上忙碌的動作也停了下來，轉過頭，很嚴肅地看著我，「妳該不會肚子也怎麼了吧？」

「還沒啦。」我瞪她。

「被抱抱摸摸了嗎？」跟我問阿符的方式一樣，簡直就是原封不動。

「也沒有啦。」

「親嘴？」

懶得回答了，我搖頭。

「牽手？」

又搖頭，我覺得她根本不是認真關心，只是想問八卦而已。站起身，端起湯碗，正想走開，老女人又笑了，她說：「那還好啦，我還以為已經什麼都發生了。」

「如果真的都發生了，那妳會怎麼樣？」忽然也好奇了起來，走開兩步後，我回頭問她。原本以為她會像我外公一樣明理且開放的，孰料她想也不想，隨口就說會宰了那個男的，再順便打斷我的狗腿。

「為什麼妳的處置方式跟我外公差這麼多？」

「因為他是妳外公，而我是妳媽。」回頭看我一眼，老女人得意地笑著說。

✤真倒楣，如果我們不是母女，而是姊妹，那該有多好。

我不是很能確定，究竟阿諺對我印象如何，別說是其他班級了，光是我們這一班，更漂亮的女生大有人在，而工藝課兩個小時，每次大家都弄得滿身木屑、灰頭土臉，其實誰都好看不到哪裡去。至於咖啡研習班，其實我們能去的時間有限，真正能在那邊認真學習的，還是以二年級的學生居多。三年級之後，有太多的測驗等在前面，新教務主任的大刀闊斧雖然得到校方的支持，但真的想貫徹執行，終究還是有難度。我們班導就非常不滿意這措施，還說基測可不會考什麼織毛線或鋸木頭的技巧，也不會考我們能打幾個童軍繩結，所以後來他還是去交涉，希望可以多點時間讓學生念書，結果童軍老師率先被打敗，他連童軍的發展故事都還沒說完，我們就被叫回原本的教室，考基測才會考的本國歷史。

「你們可以自己決定，要留在這裡玩木頭，還是回教室寫考卷。」那時，阿諺讓大家公投做決定，結果過半數的投票都希望回去，我猜他們是因為不想走這六樓樓梯，也不想忍受沒有冷氣或電扇的工藝教室。

「真慘。」帶著無奈的心情，接受了投票結果，孟庭哭笑不得。

「是呀。」一樣嘆氣，我說。

不過或許就像俗話說的，塞翁失馬，誰也不知道這一時的無奈或惋惜，後來反而會成為一個接近阿諺的好理由。我們國三只獲得了短暫的工藝課程，下學期的咖啡研習班雖然是放學後才舉行，但三年級經常會被留下來上輔導課，根本也不可能常去。好不容易等到大考考完，老師們可一點都沒放鬆，就怕大家第一次甄試的成效不佳，所以要求全體同學繼續上課，直到三年級的課程全部結束。雖然還沒進行第二次考試，但至少我們都獲得了喘息空間。這時候的一、二年級學生還要上課，社團活動也依舊進行中，撇開不管第二次考試在即的壓力，只有三年級的我們才真的有時間來參加咖啡研習班。我就是因為這緣故，才有機會看著他的背影，在初夏午後，當日光被綠蔭篩成碎片，落得滿地都是時，跟他一起往午餐中心的方向慢慢走。

「怎麼畢業了還跑回來，那麼捨不得離開學校嗎？」一邊走，他問我。

「以前整天忙著課業，煩都煩死了，一點小病就想請假，根本不想看到這個學校。不過現在好多了，至少跟以前不一樣。」我說。

「哪裡不一樣？」他環顧著校園，問我。

「以前這學校很小，現在卻變大了。」心裡當然還是忐忑，但能夠這樣對話，我覺得很開心，笑著說：「以前呀，學校對我來說，就只有校門口進來的這條路，一路通到教室，這樣而已；現在不同，我們有操場、籃球場，還有社團跟咖啡研習班。」

「但七月應該還有考試吧？」

點頭，我說那是對其他人而言，可是我跟孟庭、阿符都不打算太認真去考。

「這麼有把握？」他微笑著說：「做人不能太篤定，要知道，天有不測風雲，計畫永遠趕不上變化。萬一陰溝裡翻船，妳們沒考上理想的學校，可是第二次考試又因為沒有準備而挫敗，那怎麼辦？」

「要是真那麼不幸，孟庭會回家幫她爸，她家開貨運行，很缺搬貨的苦力，剛好她夠壯；阿符家裡開寢具店，她可以負責測試每一批新到貨的床墊，看看好不好睡，反正她很愛睡覺。」一一細數，雖然我知道阿諺根本不知道我說的那些人長什麼樣子，不過那無所謂。

「都說別人，那妳呢？妳家開什麼店，要幫什麼忙？」笑意不減，他問起我的打算。聽我說得童言童語，大概覺得很可笑吧。

總不能說我家賣綠豆湯，可以回去幫忙端碗，想了想，我說如果我也一樣倒楣，什麼都考不上，就乾脆找人嫁了。

「嫁了？」他大笑：「會不會太早了點？妳才幾歲，未成年的小孩可不能決定自己要不要結婚喔。而且除了同年紀的男生比較有可能之外，妳要去哪裡找人娶妳？」

「不一定呀，搞不好我媽就會答應。」也笑著，但我笑得很不安，因為想起老媽的威脅，她會先宰了那個想娶我的男人，然後打斷自己女兒的狗腿。

「首先，我會找個年紀大一點的。」

「說得好，年紀大一點的男人比較可靠，這可以，然後呢？」點點頭，又繼續走，他問我。

「要有正當且穩定的收入。」

「合情合理，這條件很重要，本來愛情就需要麵包支撐。」他也贊同。

「最好是能夠有才華，不要死板板的，像我爸一樣就糟了。」我說。心裡泛起我老爸的樣子，年紀大概四十來歲，可是看起來卻像五十多，這大概跟他拋頭露面的工作性質有關，久歷風霜總是老得快。這個男人每天關心的只有物料成本，其他的幾乎從不放在心上。要說長處的話，唯一的長處大概就是寬容吧，至少他可以接受自己的老婆狂玩線上遊戲，還讓她帶著女兒去參加線上遊戲的玩家聚會，真是匪夷所思。

「還有嗎？沒啦？」已經走到教室附近，他問我。

我點點頭，但其實我心裡還有最後一個條件：如果要挑個男人嫁，符合上述要求的人很多，但我真正想嫁的其實只有一個。不過這一點我可說不出口。

「妳的條件都很實際，但也很普通，幾乎絕大多數的成年男人都可以達到妳的要求，」先說出了跟我一樣的想法，他接著開口：「不過這些都只能算是外在條件，要知道，男人年紀比妳大，心機搞不好就也比妳深，真要勾心鬥角，妳是鐵定落敗的；有正當收入，但不見得會拿錢回家，而且正當收入賺得多，也可能會不正當地花更多，所以並不真的保險；至於才華，也許妳這年紀會覺得才華很重要，因為才華可以讓一個人變得更顯眼、更突出，然而才華不能當飯吃，江郎都有才盡的一天，哪天他才華消失了，那妳怎麼辦？」

沒當作是天馬行空的想像，他倒是回答得很認真，把我的想法都一一駁回，見我愕然，他這才微笑著說：「妳都畢業了，之後我們能遇到的機會大概也不多了，看妳是個很聰明的小女生，我覺得很投緣，趁這機會，老師跟妳說，以後如果要挑男朋友，記得，那些條件都不是最重要的，妳只需要用一個標準來檢核就可以了。」

「什麼標準？」站在教室門口，有亮眼的午後陽光灑在我們身上，他的頭髮還是稍有凌亂，卻顯得很瀟灑。我看得有點癡傻。

「只要那是個會真心疼妳的男人，就是妳可以託付幸福的男人。」他說。

「這其實也沒有那麼難，重點是手要穩，手穩，才比較能夠拿捏水流量。」氣定神閒，右手抓著水壺握把，左手悠閒地插在口袋裡，阿諺邊往磨好的咖啡粉上注水，一邊給大家解說：「耶加雪夫不算是很重烘焙的豆子，勉強只能是中等程度，這樣的咖啡豆別沖得太重，否則就顯不出它的果香氣味了。」

把水注滿後，阿諺彎下腰，聞嗅正蒸騰而上的咖啡香氣。一張小桌子，旁邊圍了幾個人在觀摩，而我站得離他很近，除了咖啡香，隱約可以聞到來自阿諺的洗髮精香味。

「你們怎麼會挑這種豆子呢？這有點冷門耶。」看著不斷濾滴而下的深褐色液體，阿諺問我。咖啡研習班在學期末還照樣舉行，不過來的人少了許多。上星期他拿出一張咖啡豆的清單給大家勾選，這星期他再按照選項的得票數前三名，找來豆子煮給大家試喝。很多人挑了曼特寧或巴西，但我偏偏想要找個與眾不同的，所以特別鼓吹了幾個研習班跟我比較有話聊的同學，請他們幫忙灌票，最後耶加雪夫才能順利上榜。

「難得有機會，當然要選個不一樣的豆子囉。」我回答。

「所以這又是妳的主張嗎？」看我一眼，他眼裡帶著笑。

「是呀。」而我很驕傲地說。

平常研習班的上課人數不少，因為是自由參加，所以人數多的時候會高達三、五十人，但現在少了三年級的學生，再加上又值學期末，很多一、二年級生也不能來，所以我們今天顯得很悠閒。試喝過咖啡，也聽阿諺做了介紹，這個原本我只覺得名字很美的咖啡豆原來產自衣索比亞南部，最大的特色是它擁有細緻的檸檬香與花香味，這是它與其他品種的豆子的最大差別。

坐在座位上，看著阿諺站在講台邊，一張張播放著幻燈片，詳細地說明咖啡豆的生產與烘焙過程，我其實心不在焉。學期就快結束了，咖啡研習班在暑假期間也會停止，而已經拿到畢業證書的我就沒機會再找理由回來，當然回來也遇不到他了。這種感覺很讓人惆悵，而且帶著失落。一種憂鬱的落寞油然而生。我跟阿諺當然只是很純粹的師生關係，在今天之前，根本也沒講過幾次話，實在很難有什麼難以割捨的情分，然而他卻記得我的名字，這樣的驚喜讓我非常在意，可是一想到之後也沒機會再多認識，就令人不由得悵然。

所以我偷偷地拿出手機，傳了一封訊息給坐在教室另一邊的孟庭跟阿符，告訴她們這當下我的心情。過沒幾分鐘，回訊分別傳來，本以為她們會說些什麼安慰的話，沒想到阿符的簡訊裡居然這麼寫：「就告白呀，不敢喔？」

什麼跟什麼！我在心裡啐了一口，決定暫時先不回她，接著又看孟庭的簡訊，而她的回覆更直接，但也讓人匪夷所思，簡訊內容只有一個字而已，寫著：「上」，連句點都沒有。

萬般無奈中，我看看稍遠處的她們兩個，孟庭對我扮個鬼臉，阿符則是一臉無聲的傻笑表情。嘆口氣，把手機收起來，如果沒有什麼好辦法，那至少趁著還能夠碰到面的時間，多把握一下，多看他幾眼好了。

「在器具都很就手的情況下，我會建議各位使用虹吸式或一般的義式咖啡機，別貿然手沖。儘管手沖咖啡確實是最簡便的方法，但它的變數實在太多，一點失誤，就會影響整杯咖啡的品質，也會浪費珍貴的豆子。像今天這樣，不同種類的咖啡豆，如果想要喝到它們最原始的原味，當然就要盡量避免掉所有額外可能的失誤，所以虹吸式是最保險的沖煮法。」講台邊，阿諺正在下結論，我的目光略掃過周遭，很多人都聽得津津有味，還有不少人拿著筆，正在抄寫講述重點，看來只有我是心不在焉的。

這門課不算社團活動，大概也沒有薪水好拿，可是他卻願意把私人的器材搬來，而且自己掏錢買咖啡豆，不管是沖煮給我們這些咖啡世界的門外漢，或者讓我們親自動手去暴殄天物，這些成本都得自己承擔。以手支頤，看著講台邊的他，我覺得這樣的男人其實就很好，至少他不是個小氣的人。比起國中這兩三年來，我交往過那幾個根本不像男朋友的男朋友，阿諺真的是個堪稱完美的男人。

那天下課前，我們幾個晚走的同學幫著阿諺把東西慢慢收好，一邊收，他還邀請我們有空到他投資開設的咖啡館去玩玩，雖然自己不是真正專業的咖啡沖煮技師，不過他目前的合夥人手藝卻很有名。

「有機會可以來喝喝看，報上老師的名號，應該可以弄個八折之類的。」他還笑著說。

「就說是阿諺的學生嗎？」我打趣地問。

「阿諺？」他愣了一下，隨即笑開：「也可以，咖啡的世界裡沒有年紀之分，老師或學生什麼的，這種關係也只存在於學校裡，走出圍牆，大家都是喝咖啡的同好。」

真是豬頭，我本來以為他會有更多一點的想法的，沒想到他居然只會聯想到咖啡無國界之類的蠢念頭。不過換個角度想，說不定這樣也好，至少他不介意我們這樣沒大沒小。

我還在胡思亂想，孟庭忽然提了一個疑問，想請教阿諺對於台灣現在咖啡豆生產的看法。阿諺想了一下，說如果是以價錢為考量，當然台灣的豆子可以買，但如果真的要追求豆子在烘焙之前的生產管理與照顧技術，那麼，台灣的豆子就還有成長空間，言下之意，大家都明白了。

「不過我知道南投那邊有幾家生產豆子的工廠還不錯，沖煮出來的咖啡也有國際水準，有機會應該去喝一下。」他說。

「那你帶我們去？」很天真的阿符立刻接口：「南投耶，可以順便去日月潭！」

「喝咖啡、賞風景嗎？」他微笑點頭，說這似乎是個不錯的提議。

「不可以！」就在這當下，我也幾乎是不假思索，立刻就大聲反對。這一聲讓大家錯愕不已，阿符嚇了一跳，跟著大家一起很驚訝地看著我。

「這個……」眼見得一雙雙納悶的眼神盯過來，我忽然口吃了一下，腦袋飛快旋轉，趕緊胡謅一個理由出來：「七月還有大考呀，不可以，一定要等到考完才能去！」看看阿諺，我擠出一個很勉強的笑容，說：「老師，你說這樣對不對？」

那實在是個尷尬至極的畫面，阿諺只能苦笑點頭，作法自斃，咖啡研習班上課前，他才建議我不要托大，多少應該為七月的大考做點準備，現在我把這面大旗扛出來，果然逼得他也只好點頭稱是。

回家的路上，孟庭納悶地問我，如果我們想跟阿諺有多一點親近的機會，那麼鼓吹他帶大家去南投玩，這肯定是絕佳的建議，為什麼我要氣急敗壞地阻撓。

「因為我覺得考試真的很重要呀。」我還在逞強。

「得了吧，當初是誰約大家都不考二次基測的？好像是妳吧？」孟庭根本不相信。

「因為我後來覺得，說不定再考一次，會有更好的成績呀，第一次的分數出來了，又不是真的很好，對吧？」我兀自狡辯著。

「可是我們也不想去什麼明星學校呀，所以應該有別的理由吧？」結果連阿符都懷疑。

「我……」這下又口吃了。

「真相！」伸出手來，孟庭對著我。

「答案！」有樣學樣，阿符也把手掌對著我。

老實說，我不是很迷信的人，不過站在人人有機會，但是個個沒把握的公平起跑線上，我認為凡事都應該做足準備，買好保險才對。昨天晚上，我媽在幫一個遠親的堂哥作媒，介紹了她玩遊戲認識的一位大姊姊，還特別安排，要讓這對其實很陌生的男女一同出遊，為此，我媽很認真地翻開旅遊書，精心挑選每個適合男女同行，但又不需要過夜的景點。我在旁邊不斷幫忙出主意，提議了幾個其實是自己想去的地方，當中就包括了南投的日月潭跟彰化八卦山。

可是這兩個提議都被打了回票，我媽說日月潭跟八卦山都不錯，但那適合家庭去玩，不好讓年輕男女一起去，尤其是當他們可能要談個戀愛時。

「總之，那裡不適合就對了。」我的回答跟我媽昨天晚上的回答一樣。

「為什麼？」孟庭跟阿符的異口同聲，也跟昨晚我的疑惑一樣。

「因為……」我實在很不想說出昨晚我媽的答案，那實在蠢到不行，然而此時此刻，我卻毫無選擇，眼見得她們兩個人，一共四隻眼睛牢牢地盯過來，而偏偏公車還不見蹤影，最後我只好俯首招供，說：「因為我媽說日月潭跟八卦山都很不吉利，情侶去玩的話會很容易分手啦！」

✤我這不是想太多，我這叫作未雨綢繆！

拿著一疊簡介，看得滿頭霧水，上頭的說明大多是英文，我能看懂的單字實在有限。老女人說如果不懂，最好也別依賴翻譯機，應該拿出字典來慢慢查詢。

「等我拿著字典把這些單字一一翻譯完，大概也已經跟妳一樣老了。」我說，結果被她白了一眼。

熙來攘往的夜市，炎夏裡綠豆湯生意大好，每年大多是這樣，從五月起，一直持續到九月底左右，老爸每天都有煮不完的綠豆湯；而十月初起，一直到翌年的四月底，我們則改賣燒仙草或熱粉圓之類的其他東西。小貨車上並沒有多餘的空間可以搭載桌椅設備，所以我們借用的是隔壁蚵仔煎攤子的座位給客人使用，反正賣蚵仔煎的是我阿姨，都是一家人。

坐在板凳上，一個個單字慢慢拼湊，我很吃力地才看懂大概，那是關於出國留學的說明簡介。老女人不知怎地突發奇想，先是問我想不想到國外念書，跟著就自作主張，去弄來這一堆簡介。她說小孩子出國讀書最好別太晚，應該高中就出去，這一來是年紀夠大，可以學習獨立自主；再者是也慢慢懂事，可以不用遠方的父母操心。不過我爸則不以為然，他認為國外環境雖好，但距離實在太遠，要是有什麼突發狀況，家人根本照應不到，一邊做生意，他一邊說：「要學習獨立的話，何必大老遠飄洋過海？找個中部或南部的學校不就成了？而且她在家裡就這麼懶了，書不好好念，鋼琴也不好好學，我們管都管不動了，再到一個天高皇帝遠的地方去，那還能成什麼樣子？」

「哎呀，那不一樣啦！」老女人嫌棄地瞪了他一眼，又轉過頭來對我說：「看得怎麼樣？我是覺得加拿大不錯，妳看溫哥華那麼多華人，氣候啦、環境啦，這些都不差。最好是選加拿大，真的，風景漂亮，生活步調又慢，妳平常這麼懶散，加拿大真是再適合不過。」一邊招呼客人，老女人居然還一邊慫恿我。

「可是我聽起來，怎麼比較像是你們在討論以後的養老環境？」把視線從那堆英文單字裡移開，我說：「先講好喔，以後我沒錢讓你們去加拿大喔！想去那麼遠的地方，你們要嘛自己存錢，再不就找哥哥要錢去。」

「老娘辛辛苦苦，綠豆湯一碗碗地賣，賺來的錢都讓妳拿去念書，哪裡有存到半毛？妳居然還好意思說以後不管我們？」她手腳飛快，已經舀好兩碗綠豆湯，跟著給她老公去裝蓋，嘴巴還不停：「不然妳說呀，等我們老了，妳要把我們怎樣？丟在路邊嗎？」

「不會那麼殘忍啦，我可以帶你們去花蓮養老，那裡有高山，有大海，還有新鮮空氣，也不比加拿大差，對吧？」我笑著說。

老女人露出不解的表情，我猜花蓮對她來說，應該跟加拿大沒什麼差別，她的生活要嘛就是工作，再不就是網路遊戲，從小到大，好像都沒聽她說過曾經去東部遊玩。想了想，她問我為什麼是花蓮。

「就說了是因為高山跟大海呀，那樣的環境最適合休閒養老了。」我說：「所以以後你們就到那裡去養老，而我就在花蓮工作賺錢養你們。」

「妳在花蓮能做什麼？」

「開個咖啡店囉。」綻開最燦爛的笑靨，我興高采烈地回答。

那是個好遠的夢想，勾勒起來很美，很讓人嚮往。就在一個省道邊的小空地上，不用多大的空間，蓋一幢木造的小屋，外頭擺上幾張桌椅，那桌椅一定是用漂流木或其他廢棄的木材所組裝而成。在那路邊，掛上招牌，專賣一些咖啡給旅行的人們。這樣的咖啡店不必在市區，稍微郊區一點也無妨。當然咖啡店的生意不會太好，所以木屋的後面要有一小塊地，種點時蔬即可。多美好的生活！我這麼跟老女人說，她居然還點頭附和，甚至問我如果想圓這樣的夢想，大概要花多少錢。

搖頭，我怎麼會知道這要多少錢呢？雖然說得煞有其事，好像一切都發自內心的想像，但天知道，這個空中閣樓根本不是我蓋的。花蓮市郊區的小咖啡店，其實是阿諺的心願。

「做人不必天天錦衣玉食，也不需要什麼高樓華廈，能夠心情喜樂地度過每一天，其實就很足夠了。至於怎麼樣才能夠心情喜樂呢，這就因人而異了。」說著，啜了一口咖啡，他用無限滿足的口吻說：「對我來說，每天都能喝到一杯這樣好喝的咖啡，那就是最棒的了。」

那天，我們果然沒去日月潭，就在他跟人合夥的咖啡店裡，連我跟孟庭、阿符在內，一共五六個人，大家圍坐在吧台邊，看著阿諺的合夥人煮咖啡。他很年輕，大概三十來歲上下，圓圓臉，眼睛超小，但是看起來就不怎麼好惹，一副隨時會掀桌子鬧事的凶惡模樣。阿諺叫他靖仔，要我們稱呼他靖哥。聽說靖哥以前是不良少年，還待過少年感化院，後來不曉得什麼緣故，總之就是改過自新，除了經營這家咖啡店之外，同時還是教會的服事人員。講完一堆豐功偉業後，阿諺才又告訴我們，其實靖哥是他同父異母的哥哥。

「還好，看來阿諺這邊的基因比較優良，那個靖哥除了很會煮咖啡之外，大概只剩下殺人放火的專長吧，看起來就像壞人。」偷偷地，阿符對我說。

「真的。」看著他們兄弟倆，我也這樣認為。

我捨不得喝掉那杯靖哥做了漂亮拉花的卡布奇諾，卻問阿諺以後如果不教書了，會不會每天就窩在這家咖啡店裡。

「當然不，台北怎麼會是人住的地方？」他搖頭：「如果有能力，我要搬到花蓮去，在那邊蓋個小木屋，做成咖啡店，還順便種菜。」

就這樣，他跟我們說了一個彷彿天方夜譚的心願，雖然，我覺得台北其實沒什麼不好，這兒什麼都有，什麼都方便。不過當然了，如果沒有阿諺，那這城市就有缺陷了。

咖啡店的吧台很小而窄，觀摩完咖啡沖煮的教學內容後，大家開始在店裡左看右看，位在巷弄裡的店面不大，但一整面幾乎都是開放空間，所以儘管靖哥在吧台裡抽著菸，卻不會讓人覺得不舒服。店面有幾張小圓桌，旁邊則是沙發座位跟一整排書架，大家幾乎都往那邊靠過去，因為除了沙發舒服之外，書架上的漫畫更讓每個人欣喜若狂。瞧瞧孟庭跟阿符努力啃食漫畫的樣子，我看她們大概早就忘記今天來這兒是為了喝咖啡的。

「妳不想看漫畫嗎？」見我在發呆，阿諺拉開椅子，坐下來問我。

「還好。」我說：「她們家裡禁止看漫畫，但我家沒這個限制。」

「還不錯呀，這樣挺好。」

「確實。」我微笑，心中想的是那才怪，我在家可被煩死了，可以看漫畫是一回事，但是沒時間看漫畫又是另一回事。老女人每天都幫我安排了滿滿的行程，國中才剛畢業，她就已經開始幫我物色英文補習班，要我早點去考英文檢定，找到補習班之前，我每天還得幫忙做生意。

沒什麼多餘的對話，他蹺起腳，愜意地看著外面的風景。巷弄中有幾家小店舖，正對面是家二手唱片行，左右兩側分別是販賣異國服飾的商店跟一家小型蛋糕店。大家的門口都擺放了許多盆景，一片綠意盎然，偶爾會有人車經過，感覺很悠閒。我心裡在想，這樣的環境還不夠好嗎？就算年紀大了，在這樣的巷弄裡走走晃晃，感覺應該也不差吧？思之及此，我轉頭看向阿諺，他正瞧著外頭發呆，我猜不準他心裡這當下正想些什麼，但應該是在放空。沒有什麼表情，沒有什麼動作，他只是安靜地望著街景出神。

這或許就是我會偷偷喜歡他的原因：他專注地放空，或者認真地做什麼時，臉上的神情總是給人一種熱切的誠懇，不造作，也不矯情。一年前，第一次上工藝課，介紹完種類繁多的基本工具後，他給大家十分鐘去摸索研究，那短暫的時間裡，教室裡頭鬧烘烘的，每個人得到老師的允許後，都好奇地想去把玩那些工具，但我卻什麼也沒碰，就坐在位置上，看著走到窗邊，正對著六樓外風景發呆的阿諺。

那天他也跟現在差不多，只是頭髮稍微短了點，穿得很隨性，一點都不像老師，說起話來並不刻板，對學生就像朋友一樣。本來那只是個平淡無奇的片刻，一點都沒有特別值得紀念跟記憶的地方，充其量，也只能說這個正在發呆的老師長得很順眼而已。但就在我想要轉移視線，跟孟庭她們聊天時，卻看見阿諺有了一點點舉動：他臉上出現頑皮的表情，跟著從口袋裡掏出一本小記事本，撕下其中空白的一頁，將它摺成紙飛機，然後，簡直像個幼稚的小孩一樣，將那架紙飛機從窗台邊射了出去。

這的動作讓我一皺眉，怎麼會有老師這麼幼稚？難道他以為自己是小學生嗎？我還沒搞懂他這樣做的意義在哪裡，卻看見他嘴角有得意的微笑，大概那架紙飛機飛得又高又遠吧？不過我很想走過去告訴他，理化老師有講過，大樓之間會有上昇氣流，紙飛機就算摺得再爛，也一樣可以飄很遠。

就在那當下，他滿意地回過頭來，原本大概是想叫大家坐好，準備繼續上課的，但無意間卻在那一瞥之際，跟我的目光對上了焦點，看著我，他忽然臉上一紅，而我則輕輕地「噗」了一聲笑出來。

✤不怎麼特殊的畫面，但那就是我們第一次眼神交會，也是你走進我世界的開始。

「妳不覺得嗎？如果這些人好好地靜下心來想一想，就會發現自己正在做的這件事有多愚蠢。人擠人，什麼風景也沒看到。」星期天下午，街上滿滿的都是行人，這些根本不曉得來自何方的遊客幾乎占據了整個鎮上的每一條街，他們有的在走路，有的坐在堤防邊發呆，有的則在店家裡消費，孟庭說的沒錯，這樣到底有什麼好玩呢？我看著那條所謂的老街，真覺得它一點也不老呀，怎麼就一堆人愛往這裡跑？

「這裡到底有什麼好看的風景呢？」一樣也坐在堤防邊，我的下巴靠在屈高的膝蓋上，看著這條我們每天從早看到晚的河，一臉無奈。

以前星期天對我而言簡直是惡夢，一般來說，那應該是個放假休息的好日子，但老女人卻給我安排了一堆莫名其妙的課程，我學過寫生繪畫、長笛跟鋼琴，也陪她去社區的媽媽教室學過插花，甚至還上過兩期的跆拳道，結果上了國中後，什麼都放棄了，我只選擇了一個鋼琴繼續學下去。

國中的星期天就乏善可陳了，要嘛就是學校開輔導課，不然就是老女人替我報名的英文或數學補習。這麼說來，我好像很少像現在一樣悠閒。不過那是因為這是個過度期，等上了高中，可想而知我又要過著三年沒有週六週日，也沒有寒暑假的日子。

「一想到九月之後，我們都不曉得會過著什麼樣的生活，感覺就很可怕。」我對孟庭說。

「對我來說，這世界一直都沒有不可怕過。」嘆口氣，看著自己的手機，她說。

孟庭的家庭狀況很複雜，她家四個小孩，分別是三個爸爸生的。孟庭跟她大妹是同一個父親。她常說這可能是八字的問題，大概她老媽天生剋夫，所以嫁一個老公，就死一個老公。現在這個繼父的職業是貨運行老闆，工作很辛苦，媽媽也在那邊幫忙，平常沒多少時間管他們，但家風嚴格，小孩子倒也沒有學壞。

所以這是個很弔詭的對比，同樣是收入不高的家庭，我從小什麼才藝都學，因為我爸媽就怕我以後只能跟他們一樣靠賣綠豆湯維生；孟庭是什麼都沒有，因為她爸媽忙得沒時間去想想究竟孩子需要些什麼。

「換個角度想，至少這些年來的每個星期天，妳都是自由的。」不知道這能否算是安慰，但我這樣跟孟庭說：「我多麼羨慕妳這種放假就能睡到中午的生活。」

「如果可以交換的話，妳會想跟我換嗎？」她忽然就笑了：「我不想，我可不要星期天一大早去學什麼插花。」

在堤防邊喝完思樂冰，又發了一下子呆，我們才站起身，準備各自回家。孟庭住得離我家並不遠，騎腳踏車也頂多十分鐘車程。老女人管得多，這個不行，那個也不行，我生理期來，她就完全不讓我碰冰箱裡的飲料，逼到最後萬不得已，只好叫孟庭來接應我出門，說是要去逛書店。靠她幫忙，我才能順利得到一杯冰冰涼涼的思樂冰，不過代價是思樂冰得分她喝一半。

牽著腳踏車緩步前行時，她問我這暑假除了那些要人命的才藝班，可還有其他打算。點頭，我的計畫可多了，首先呢，我一直想去環島一圈，不必花很多天，也不用去很多地方，大概就先到台南，白天去逛古蹟，晚上去西子灣，然後到墾丁那邊看看海，花蓮也看看海，跟著去一趟宜蘭，也許就在礁溪洗個溫泉，然後打道回台北。結束後，我要花兩三天時間，完成櫃子裡頭那件織了兩年都沒織完的毛線衣，當作今年冬天送給自己的禮物；最後則是趁著開學前，再存一筆錢，到澎湖去痛快地玩水。

「好像很不賴。」點點頭，孟庭說：「不過容我糾正妳，西子灣不在台南，而是高雄；至於那件毛線衣，我看妳省省吧，花三百五去大賣場買件現成的會比較簡單一點；另外，澎湖夢妳也可以醒醒了，等妳存到錢，我看夏天也過去了。」

「幹，有這麼慘嗎？」我忍不住說了髒話。

「丁小姐，買完那杯思樂冰之後，妳口袋裡剩下多少錢？」

「五塊，」我說：「還有一張發票。」

「那就對了。」然後她就不再說了。

這就是我十五歲的夏天嗎？明明是遊人如織、非常溽熱的七月天，但我卻像置身在十二月的冰天雪地裡，完全沒有掙扎能力。最後是孟庭說她會去想想辦法，環島或澎湖可能辦不到，不過總是大家最有空的一個暑假，她要去跟阿符討論看看，也許能找到一點什麼事做。

「真有什麼能做的嗎？」臨行前，我問孟庭。

「有想就有機會，沒想就連機會都沒了呀。」而她說。

孟庭的說法很有道理，確實如此，但我懷疑的是，她選擇的討論對象究竟能提出什麼好意見，阿符哪，她是那種懶到連拖鞋都會發霉的人耶，暑假她會想出去玩嗎？

家裡沒開燈，傍晚時分，幽幽暗暗。很舊的破房子，雖然老爸說這當年曾經是淡水鎮上非常豪華的建築，但我卻一點也不相信，只有一樓高，幾乎都是木造的，怎麼看都像是日據時代留下來的廢墟改建。有點疑惑，這時間理論上我爸已經開著小貨車，跟老女人一起去做生意了，但怎麼車子會好好地停在屋子旁邊的空地上，家裡卻沒開燈？

走進來，點亮燈光，我正想到廚房去瞧瞧，就看見老女人興高采烈地從他們房間跑出來，而且還穿著小背心跟短褲，一副輕鬆休閒的打扮。她一見到我，也不管人家有沒有事要忙，居然就叫我立刻去換衣服，而且是換那種可以去海邊的衣服。

「妳三阿姨回來了，約大家一起去海邊玩。」她說。

「天都黑了，去海邊能玩什麼？」我還一頭霧水。這附近是有一些比較偏僻的小海灘，平常也沒有遊客，就只有我們當地人會去。

「可以喝酒跟烤肉呀，天黑有什麼關係。」說著，她又跑進浴室，隨手抓了幾條浴巾出來，摺也不摺就塞進包包裡。

「可是我晚上要去上鋼琴課耶。」

「那不成問題呀，我替妳請假了。」根本不管我的想法，她又跑到廚房的大冰箱前，開始將裡面的飲料跟啤酒掏出來，一一裝進腳邊的菜籃中。

「什麼跟什麼呀，你們會不會太誇張了？」真是看不下去了，到底誰才是可以任性的十五歲女孩子呢？我跟進廚房，走到她旁邊，用很嚴厲的口氣對她說：「那老爸呢？難道妳要叫老爸自己一個人去做生意嗎？」

「妳爸？」老女人哈哈一笑，居然很得意地說：「他被我說服了，今天放假一天，現在人應該已經在海邊生火，準備烤肉了。」

「實在太不像話了，你們怎麼可以這麼不負責任？」我生氣地說：「身為人家的父母，你們不是每天都要努力才對嗎？」

「老娘我又不缺錢，不然妳想怎麼樣？」結果她停下動作，很驕傲地睨我一眼，然後問：「所以，一句話，妳去不去？」

「去。」於是我就無話可說了。

「乖，媽媽好愛妳。」而她抱著我的頭，雙手使勁地搓著我的臉頰。

✤我不是真的很愛玩，我只是在證明遺傳學的存在而已。

一樣的話至少說了二十遍，而且分別由不同的人嘴裡說出來，偏偏老頭子完全不肯聽，他堅持肉一定要烤熟，這樣才安全衛生，結果下場就是糟蹋了一堆新鮮牛肉，根本沒人想啃。我看著那些牛肉，心中萬分悲痛，但沒辦法，它們已經被烤得跟橡皮一樣堅韌了。老爸被嫌棄一頓後，很無奈地讓出了大位，改換老女人接手，自己則跑到海裡去玩水。

原本以為換了一個人主廚，可以烤出一點像樣東西來吃的，結果就在我重新燃起信心，正想坐下來期待之後的食物時，老爸在海邊忽然大叫一聲，說什麼看到巴掌大的螃蟹，要大家趕快過去幫忙抓。我根本還來不及反應，就看老女人丟下手上的鐵夾子跟烤肉醬，又是一臉興奮地往海邊衝。最後只剩我一個人汗流浹背地坐在木炭堆前面，看著那些屢遭折騰與遺棄的食材，哭笑不得。

這是我的家人，雖然算不上非常富裕，不過至少大家都還挺蠢，也蠢得挺好玩的。就可惜我哥暑假留在台中打工，不能跟大家一起玩。喝口啤酒，換我烤了一陣子肉，抬頭，今天有點烏雲，看不見星星。本來想乾脆也過去一起抓螃蟹，但手機卻忽然響起，那是個陌生的號碼，接通時，有個熟悉的聲音，第一句話就問我是不是丁校友或小姐，我知道只有一個人這樣稱呼過我。

「聽說妳暑假很缺個什麼可以打發時間的休閒活動，是嗎？」那個人的口氣帶點笑意，雖然看不見，但我想像得到他嘴角上揚。

「確實有，你有什麼好關照嗎？」把電話夾在肩膀上，又喝了一口啤酒，我還順便將烤肉網上的肉片翻了個面。

「今天傍晚呢，妳同學忽然打電話給我，問起暑期活動。本來這種事跟我是無關的，要找活動，應該去問學校的課外活動組才對，不過我有個老師，在苗栗有個三天兩夜的木雕體驗營，所以我就給了她這個建議。」

「木雕體驗營？」套句八流小說的台詞，叫作「眼睛一亮」，不過我是真的有這種感覺。然而高興沒維持太久，電話中那傢伙立刻就用嘲笑的語氣說：「別高興得太早，體驗營是星期五開始，銜接週末兩天，全都得住在那邊。但我聽說妳有鋼琴課，還有英文補習班，所以根本不可能來得了，對吧？」

「是呀，那你打電話來做什麼？想尋我開心嗎？」心一沉，我完全忘記他是老師，講話立刻沒大沒小了起來。可是他也不放心上，反而又問我鋼琴練得怎麼樣，有沒有看著譜就能彈出來的能力。

「兒歌程度的話都沒問題吧，我想。」

「那就夠了。」電話中，他嘿嘿一笑，說：「如果木雕體驗營妳來不了，我另外可以提供妳換個地方彈鋼琴的機會，有興趣嗎？」

就這樣，望著暗沉沉的天空，遠方的亮橙色路燈還映過來，我看不見星星，不過偶爾有風，雖然夏夜晚風還是悶悶熱熱，我卻覺得心情大好。講完電話、喝乾啤酒，我丟下這堆再也沒人想光顧的食物，乾脆也往海裡跑，一踩到水時，濺起的浪花立刻打濕了短褲，但那無所謂，我大叫一聲，衝進了海水裡。

「丁彧，妳發神經嗎？」老爸在附近，海水及腰的位置，他原本小心翼翼，不想連衣服都弄濕的，結果我這一發狂地衝過去，水花已經濺得他全身都是。

「是在發情吧？」老女人說出很不倫不類的話來，她朝這邊游過來，問我在高興什麼。

「這星期天早上，我要去一個充滿愛的地方。」伸手亂抹了一下滿臉的海水，我說。

「然後呢？」

「然後要去愛一下。」

「會愛到大肚子回來嗎？」

「應該不會。」

「那就好。」點點頭，居然也不多問，她逕自又游了開去。

從沒想過會有這麼一天，自己竟然會出現在這樣的地方。很寬敞又挑高的室內空間，三大列的木製長椅，一直往後延伸過去，算算大概可以容納兩三百人吧。正前方是講台，有講桌跟幾張看起來就不能輕易上去亂坐的座位，而講台靠邊處則是一架好漂亮的白色三角鋼琴。坐在鋼琴前，看著琴鍵，再看看這感覺上就很堂皇肅穆的環境，我還不斷在問自己，真的有辦法在這裡彈鋼琴而不怯場嗎？

「就這兩首曲子，妳先看一下，看有沒有問題？」把譜拿給我，只見過一次面的靖哥就站在一旁，問這樣的曲子是否算難。

「應該還好。」點點頭，我說。兩張影印的譜，都是聖歌吧，看歌詞就知道。

「很不好意思麻煩妳，我弟就是這樣，經常做些沒頭沒腦的事，要嘛忘記準備資料，再不然就是忘記聯絡相關人員，搞到最後，經常活動都開跑了，他才發現東缺西缺，連累得別人要再三替他善後。」站在一旁，一面看我試彈曲子，靖哥一面嘮叨。

「阿諺有那麼笨嗎？」我皺眉，這敘述的應該不是我認識的那個阿諺吧？

「怎麼，妳認為他很聰明嗎？」靖哥笑得很輕蔑，說：「那妳顯然不夠了解他，李政諺耶，我認識他二十幾年，他沒有什麼聰明的時候呀。」

見我苦笑，靖哥說他們這對同父異母的兄弟僅僅相差一歲。因為從母姓的關係，所以他姓賈，阿諺姓李。兩個人從國中開始就是一對難兄難弟，以前阿諺經常被欺負，都是哥哥替他出頭。小時候住在中部，是後來才搬到台北來的。

「以前要不是有我罩著，這小子早就不知道死幾次了。我那時候脾氣不好，一天到晚幫人出頭，最後就出到感化院去了。」他說：「不過那都是好久以前的事了，現在這樣挺好，我爸過世後，大家都沒了負擔，他當老師，我賣咖啡。」

點點頭，這故事我有興趣，卻不曉得是否應該探問太多，或許那是他們兄弟倆都不願提起的往事也說不定。所以我識趣地低下頭，繼續研究樂譜。

「不過我看妳挺聰明的呀，」結果靖哥換了個話題，又問我：「聽我弟說，妳是個很有主見的小女生。」

「是嗎？」

「是不是要看妳自己囉。」他叼了根沒點的香菸，然後就慢慢往外面踱了出去。也是，教堂裡應該是禁菸的吧？

就這樣，星期天的一大早，才不過八點半，我已經坐在這兒，練習了兩遍曲子。眼看著時間慢慢過去，教會的正門口打開，有些人陸續出現，看來是正在為稍晚即將開始的禮拜活動做準備。我從來沒參加過這類的聚會，更沒在別人面前彈過鋼琴，正想著要不要先停止練習，到外面去瞧瞧，側門打開處，阿諺很悠哉地晃了進來。

「怎麼樣，沒問題吧？」一派輕鬆的模樣，他問我曲子練得如何。

「如果我說我練不起來，你會怎麼做？」

「怎麼可能練不起來？那個劉孟庭說妳鋼琴彈得很棒啊，本來我還在頭痛，沒人幫少年團契司琴，結果就那麼剛好，她打電話來給我，還順便推薦妳。」果然是很沒大腦的樣子，他還樂觀地說：「放輕鬆點，這不難的。」

「是嗎？」我可一點都不這麼認為，剛剛走下來，就有兩個看來大約三十幾歲的阿姨走到鋼琴旁邊，她們也在練習吧，可是那種練習卻跟我很不一樣，兩人的搭檔，一個翻譜，一個彈，曲子速度不快，但是行雲流水，非常俐落，根本和我的滯礙拙劣大相逕庭。

「當妳已經盡了力，上帝就會感受到這份奉獻的誠懇，那就夠了。」拍拍我的肩膀，他說。

❖那如果我在愛情裡也盡了力，你會不會也感受到我的真心？

是場迷離而朦朧的夢境，非到萬不得已且莫要醒來，那七彩雲霓不堪日光，不堪日光。
思念一如折翼的青鳥，孤伶在海岸邊境尋覓返家的路，
我害怕受傷一如你害怕承諾，這愛情眞不是時候。
斧鑿間那輪廓如此曖昧，稍不留神也就洩漏了祕密。
好嗎？若我就許下了心願時，你得允諾我一個成眞的日子。

教堂離我家不算太遠，頂多幾公里而已，看似簡單，但要走完這段路，對我而言可是非常辛苦，因為從家裡出來後，騎不到兩公里就要開始爬坡，轉小半個山腰，才會抵達這所外觀看來已經很有歷史的教堂。當牧師娘客氣地問我今天的感想時，想不到什麼冠冕堂皇的說詞，我只能吐出這麼一句：「媽呀，我的腿好瘦。」

司琴的工作比想像中簡單，我那兩首歌都挺簡短，而且儘管中間出錯幾次，但我偷眼台下，似乎也沒人注意到，反正彈奏時還有一大群年紀跟我相近的少年團契的小朋友在一旁合唱，大家根本不會留心到鋼琴這邊。

「有沒有興趣，下次再來參加禮拜？」站在身邊，一起看著遠遠的淡水河口，牧師娘問我：「這兒的年輕朋友很多，妳可以來跟他們一起聚會。或者我們這暑假要辦夏令營，有空也可以來參加，會很好玩的唷。」

「如果有機會的話。」我客氣地點頭。

她說少年團契當中鮮少有人會彈鋼琴，原本今天要協助司琴的人也是臨時找來的救火隊，無奈阿諺沒有聯絡好，結果該來救火的人居然出國去了，所以才需要我幫忙。聽著，我點點頭，來幫忙當然不是問題，可是一來我不是教友，二來這暑假過完後，我連自己會在哪裡都還不曉得呢，三來，我都什麼年紀了，還夏令營？

「沒關係，有空再說就好。」微笑著，她說。牧師娘年紀大概五十歲上下吧，沒表情的時候看起來滿臉嚴肅，但一開口說話卻非常和藹慈祥，站在比我矮半個頭的她旁邊，我卻一點都不覺得她比我矮小。

接近中午時分，教會禮拜結束，人群漸漸散去後，原本打算騎著腳踏車下山回家的，但就在車棚邊，我看見一臉懊惱的阿諺正走過來，問他為什麼哭喪著臉，他搓搓腦袋，欲言又止了一下，才說是剛才又挨罵了。因為眼看著已經放暑假，教會的夏令營活動馬上就要開始，但剛剛他和主日學的校長一核對工作內容，居然一堆事情都沒辦好。

「為什麼我覺得你一點老師的樣子都沒有呢？」我牽著車，他用走的，兩個人一起慢慢往山下去，我問：「而且這個主日學校長是誰呀，他是幹什麼的？居然權力大到可以罵你？」

「主日學校長其實也沒什麼了不起，就是星期日早上帶帶小朋友，教一點聖經的故事、唱唱歌或跳跳舞之類的而已。」他嘆口氣：「他之所以權力大，不是因為他是主日校長。」

「不然呢？」

「他之所以可以罵得我抬不起頭來，是因為他是我哥。」又嘆口長氣，他說。

然後我就「噗」一聲地笑出來了。

有時候我覺得他很成熟，會給我不一樣的視野，好比上次跟我談擇偶條件的事，也好比今天我們一路走下山，到了公車站牌附近的便利商店，我正想進去買個飲料，阿諺卻說這樣不好，建議我應該回家再喝，理由是，即使已經下了山，我還得頂著太陽，再騎一段路才會到家，如果現在就開始喝飲料，那待會又繼續曬回去，依然難免口渴，那杯飲料所帶來的喜悅就沒了，所以與其如此，不如先忍著，等回家再喝。這理由聽來還挺新鮮的，不過我也覺得，累積渴望的程度是一種對自己的考驗，似乎值得這麼做；至於蠢的地方呢，則是當我考慮了二十秒，決定這個提議可以下次再做，現在我還是想先喝瓶可樂時，走進便利商店，他又建議我，既然覺得熱，就應該喝點無糖的東西才會解渴，而我問他：

「有沒有更好的理由可以說服我選擇無糖飲料？」

「當然有，」他居然點頭，用很認真的口氣說：「除了解渴的目的，我覺得像妳這樣甜美的甜姊兒其實不需要再喝甜的東西了。」

「媽的李政諺你怎麼可以這麼狗腿？」站在冰箱前忍不住捧腹大笑，我直呼他的名諱，「這是什麼破爛理由呀！」

「肺腑，肺腑。」而他居然還可以做出誠懇的表情來。

回家後，我一直回味著便利商店裡那短暫的幾分鐘對話，他說做人有時候不能太執著於身分地位，如果每天都板起臉來，一副萬世師表的樣子，可能很快身邊就不會有朋友了，這年頭沒有什麼人喜歡聽人說教，而且他自己也不是這種個性的人。這點我相信，雖然國三那一年，我們碰面的機會不算多，但無論是在工藝教室，或在咖啡研習班，阿諺都像個很有親和力的大哥，這也是我們不會稱他老師，卻叫他暱稱的原因。更因為這樣，在任何時候，只要他一聲招呼，大家都會樂意幫忙，這跟其他老師喊破喉嚨，每個同學可能都依舊視而不見有著天差地遠的遭遇。

「但妳真覺得他是個值得幫忙的人嗎？」孟庭汗流浹背地搬著東西時，嘴裡還不忘問我。

「當然呀，而且這兒很漂亮，古色古香的建築，妳不覺得在山上的感覺很不賴嗎？」點頭，我手上的箱子也不輕，裡頭裝了幾十本聖經，非常有份量。

「我對建築沒興趣，而且想幫李政諺的人是妳，為什麼卻連我也要受苦受難？」耐不住疲勞，終於把箱子先放下來，孟庭大口喘氣。

「不要囉唆，我幫他，妳幫我嘛。」而我這麼回答。幾箱聖經，重量都差不多，但孟庭平常儘管也是身強力壯的好體能，但終究不像我會在家裡搬那一桶桶的綠豆湯。缺少訓練的結果，就是現在這副死樣子。在古意盎然的老教堂外面，幾箱從儲藏室裡搬出來的舊聖經都堆在樹下。沒人，就剩下我這個粗手大腳的村姑，跟孟庭合力一箱一箱慢慢抬。會有這樣的畫面，就是因為那天從便利商店離開時，阿諺的一句話，他問我，既然暑假的時間都很零碎，也去不了太遠的地方玩，那麼不如就到教會的夏令營幫忙。本來牧師娘已經提過一次，但我當然興致缺缺，都快要上高一了，誰會想去參加夏令營？那應該是給國小學生玩的吧？

不過類似的建議從不同的人口中說出來，就會有不同的效果，況且阿諺說的是幫忙，不是來玩。於是我很快點頭，而且有鑒於活動人手不足，我還特地幫他招兵買馬，帶了助手過來，儘管這助手實在有夠差勁，才搬兩箱聖經就喊累了。

「妳說呀，這樣的活動到底哪裡好玩？」唉聲嘆氣地坐在箱子上，我們在樹下遠眺，陰雲濛濛的遠方是淡水河口，風景真的不差，可惜就是天氣太爛，陰天又悶熱，讓人一點賞景的興致都沒有。

「人不能漫無目的地浪費生命，所以要找點事做。」

「屁話。有沒有具體一點的理由？」

「可以接觸不同的宗教，如何？」拍拍箱子，我說。

「我是觀音菩薩的乾女兒耶，讓我媽知道，她會宰了我。」孟庭搖頭。

「晚一點阿符會來幫忙，我們三個可以聚在一起，完全不受暑假的影響，如何？」

「屁話又加一，妳前幾天為了偷喝思樂冰才叫我出來，阿符就住在我家後面的巷子，我們從小到大都沒受過什麼暑假不暑假的影響呀。」

「不然，至少這兒風景很好，我們平常可不會有機會到這裡來看風景。」

「放屁再次加一，這裡的風景妳跟我一樣都看了十幾年，一個看了十幾年的畫面還會有什麼好看的？」然後她瞪我。

最後迫於無奈，我想了想，只好給她一個我認為最棒的理由：「夏令營耶，會有很多人來參加，這當中一定有帥哥可以讓妳挑！」

「妳去死吧！」結果她不但生氣，居然還脫下鞋子，朝我扔了過來，「老娘看過報名表了，全都是國小的小朋友，帥有個屁用呀！」

「不會那麼慘的，總會有年紀大一點的男人嘛，」大笑著，躲開飛過來的鞋子，我指著剛從教堂旁邊走過去的中年禿頭男人，不過才剛講完就趕緊閉嘴，因為就在那禿子走過去的瞬間，我認出他是牧師。跟著，又看到兩個年輕一點的男人從階梯邊晃過來。

「這兩個勉強可以。」我對孟庭說：「不要說老朋友這麼多年，我都佔妳便宜，這樣吧，一人一個，妳說好不好？」

「一人一個？」

「是呀，非常公平，」我點點頭，笑著說：「前面那個圓臉又小眼睛，看起來很凶的給妳。瞧，我對妳多好，幫妳介紹一個很有男人味的對象。至於我呢，我犧牲點沒關係，他後面那個斯斯文文，但是有點笨的傢伙，我就勉為其難收下了。」

後來我就被揍了。

都說了，人不能漫無目的過日子的。你就是我的方向。

活動開跑的前兩天，我們搬了上百本聖經跟聖詩出來，一一排放在書櫃上，然後等阿謗他們兄弟過來，把教堂主建築後面的小禮拜堂打掃乾淨，跟著搬了些舊桌椅，建構出一個粗具規模的小教室，這就是夏令營要舉辦的主要場地。佈置小教室時，為了牆壁上究竟應該黏貼假花或氣球，他們兄弟倆意見不一，幾乎吵了起來，阿謗堅持要用假花，說什麼這樣感覺才溫馨。

「溫你老母，七月的大熱天，開冷氣都不冷了，你還溫個屁馨！」靖哥根本不吃這一套，他認為氣球才有歡樂的氣氛。

「那你給錢呀，氣球買現成的太貴了，分明是假花比較便宜！」

「這是為上帝奉獻，計較什麼錢不錢！」

「那你叫上帝給錢呀！」阿謗居然這麼說。

「媽的，你以後的一切都有上帝給你安排好了，這當下還想怎麼樣？」

「你去跟賣氣球的說，說上帝跟他賒帳，你看人家願不願意。」阿謗啐了一口，又說：「而且就算我們買回來自己吹，時間也不夠，肯定吹不完！」

「吹氣都不會！跟呼吸一樣而已嘛！」靖哥盛氣凌人，也不管旁邊有我們這些圍觀群眾，指著自己的弟弟，生氣地說：「你再嘰嘰歪歪，我就以主日學校長的身分開除你！」

「你老子我十幾年前就從主日學畢業了！」阿諺挺起實在不怎麼厚的胸膛，照樣頂嘴。

「幹！」然後我們就傻眼了，小教室裡，一個是教會的主日學校長，另一個是堂堂國中老師，居然扭打在一起，而阿諺顯然不是哥哥的對手，才沒三兩下，就被他哥按倒在地，這對兄弟打起架來也真夠狠的，靖哥居然扯著阿諺的頭髮，拉他去撞牆。

「我們要不要報警？」站在一旁，看傻眼的孟庭小聲地問。

「等警察趕上山，他們兩個應該都已經死了吧？」阿符也小聲地回答。

「我看不見得，死的應該只有一個。」瞧他們酣鬥的樣子，靖哥發起狠來，幾乎手邊所有的東西都成了凶器，在我們討論的同時，他剛抄起一本厚重的聖經，就從阿諺的頭頂砸了下去，跟著又飛起一腳，毫不留情地，把自己的親弟弟踹出了門口。

這簡直是一場大屠殺，為了避免這個辛辛苦苦才佈置出來的場地毀於一旦，我們趕緊追出來，正想勸架，就看見牧師娘上氣不接下氣地聞聲趕到，她似乎早習慣了這兩兄弟的鬥毆場面，臉上完全沒有驚訝，還站在一旁喘了幾口氣，看他們打得難分難捨，這才出聲喝止。

「完了，完了，妳猜會怎樣？」又是小小聲地，孟庭問。

「牧師娘會把他們趕出去？或者叫去上帝面前懺悔？」阿符設想了兩種答案，但結果都落空，就看著牧師娘一手拎著一個的耳朵，把他們提分開來，而這兩個大男人居然完全不敢抗拒，只能屈著膝蓋，半彎著腰，讓一個身高不到一百六十公分的婦人給扯著，服服貼貼。牧師娘也不囉唆，半句責備都沒有，將兩人拉回教室外面，非常簡單，就叫他們在教室門口罰站。

「就這樣？」我已經看傻了眼，呆愣愣地問牧師娘。

「不然怎麼辦？」牧師娘苦笑著說：「這兄弟倆從小到大，三天兩頭就吵吵鬧鬧，到現在還是沒長進。妳看過主日學校長跟執事打架的嗎？全台灣大概只有我們教會有這種奇觀了。」

帶著疲憊，用已經痠軟的雙腿踩著腳踏車下山，我們離開時天已經黑了。看來牧師娘可能有點健忘，那兩個加起來超過五十歲的大男人一直到我們離開了都還在罰站。經過阿諺身邊時，我忍不住笑了出來，他則朝我扮個鬼臉。

老女人說這會不會有點太誇張了，當老師的完全沒那樣子，居然在教會裡頭打起來。我倒認為還好，挺純真的不是？兄弟倆都像小孩子。沒時間沖澡，只能洗個手，爸媽他們開著小貨車，而我則騎著機車，一起過來做生意。

「妳又不是基督徒，去那邊能幫什麼忙？」老女人趁著忙活的空檔問我。

「又不是非得信教才可以去。」我說。今天下午後來也來了幾個助手，他們是附近的高中生，也是這個教會的信眾，不過平常外務多，很少來禮拜，趁著現在放暑假，被牧師娘一一召回，通通來幫忙帶夏令營的小朋友。其中有一個男生，個子很高，聽說在附近的加油站打工。牧師娘一看到他就很親切地打招呼，然後介紹給我們認識。一邊舀綠豆湯，我腦海裡一邊浮現出孟庭看到那男生時如癡如醉的表情。要說發情期的話，我看她那樣才叫作發情。

「所以那裡有帥哥嗎？」老女人還問。

「大概只有阿諺像樣一點。」我說。

「妳好像很喜歡他？」

「是呀。」笑著，我說：「就是因為他開口，我才會去幫忙的呀。」

「可是他應該不會喜歡妳吧？」老女人把我瞧得很扁，她瞄過來一眼，輕蔑地說：「妳看妳，單眼皮，眼睛那麼小，頭髮像燙壞的老女人，跟櫻桃小丸子她媽媽一個樣，又肥，還老愛穿裙子，把那麼粗的大腿露出來……」

「說話客氣點！我會這樣還不都是妳害的！」不提還好，她這一說，我立刻大聲抗議。之前就是她帶我去那種家庭理髮店燙頭髮，這才釀成大禍，而且我會胖也是因為她去年冬天一直餵我喝賣剩的燒仙草，至於單眼皮跟小眼睛，這還有什麼好說的，我就是在他們這兩個不良生產線上製造出來的瑕疵品嘛！

不過我的條件真有那麼差嗎？當一整晚忙完，回到家裡，洗去滿身的汗臭味後，我赤裸裸地站在房間的鏡子前，端詳許久。其實也不是真的很胖呀，頂多就是鎖骨不太明顯而已吧？無奈地穿回衣服，坐在床邊，我翻開樂譜，這些曲子都很簡單，順著五線譜上的音符一路看下去，腦海中也跟著出現旋律，很簡單，也很輕快的曲風，應該會挺適合夏令營的小朋友唱歌跳舞。阿諺以前也是這樣邊唱邊跳的嗎？那應該很可愛吧？我想像著一臉稚嫩的他，跟一群小朋友唱歌跳舞的樣子，不覺就笑了出來。說真的，我可還從來沒參加過這類的活動呢，但如果有機會，也許我也不會想去。試想，那該是多麼好笑的畫面？我並不怎麼相信童話故事，也不認為吃吃點心、做些有點愚蠢的舞蹈動作，就能代表自己曾經天真過，或者，如果有時間，我真的想去旅行，環島也好，或者去哪裡走走，這比較是我喜歡的休閒活動，至於夏令營，真的還是算了吧。

想著想著，我翻開一直擱在床頭櫃上，對摺起來的台灣地圖，那上頭有我想去的台南跟高雄，有阿諺夢想中的花蓮，也有今天中午大家吃飯時，他約略提到的綠島，說那也是個天堂之地，大學時曾經去過，而事隔多年，有機會應該再去看看。

嘆氣，原本打算一放暑假就出門的，孰料老女人根本不允許，說什麼女孩子不可以單獨在外過夜，當天來回的行程才可以。但從台北出發，當天能往返的地方其實早都走遍了，就是因為想看看外面的世界，所以我才要去中部或南部的，結果老女人根本不把我的話放在眼裡，還記得之前我提出這個想法時，她居然冷冷地回問我是否失戀了。

「那跟失戀有什麼關係？」

「失戀的人才有資格要求藉著長途旅行去散心呀。」她那時是這麼說的。

「那沒失戀的話呢？」

「沒失戀的話，妳就在家幫忙賣綠豆湯吧。」然後她替我下了這個結論。

失戀的人才可以去旅行嗎？看著地圖上，好多地方我都想去看看。如果我跟孟庭或阿符說，這個計畫許久的旅行願望居然是因為我沒失戀而不能成行，她們大概會笑破肚皮吧？眼見得二次基測不遠，雖然報了名，但我根本沒有準備，誰知道九月之後會身在何方？又會是什麼光景？這當下我又要到哪裡去找個戀來失呢？可是如果現在不去，那以後哪裡還有時間可以去？誰都知道，上了高中之後，肯定不會有時間玩的呀。

懊惱著，我嘆口氣，把地圖隨手放下，就躺著仰望天花板發呆。選項一：去實現懸宕已久的心願，好好地、痛快地在台灣玩一圈；選項二：不失戀，有阿諺在身邊。我應該會選哪一個？或者說，這還需要選嗎？然後我就笑了。

✤我選的是：你，帶我去旅行。

那個高個子男生叫作宗杰，老實說，我覺得他平凡無奇，跟一般人差不多，不過就是個子高了點，站在人群中很顯眼而已，但孟庭卻可以說得天花亂墜，什麼為人老實、講話誠懇，而且秉性溫良、體貼含蓄。

「妳才認識他三天。」我提醒：「時間這麼短暫，怎麼可能將一個人觀察得清楚？」

「這是有沒有用心的問題。」她反駁。

「最好是。」我一點都不相信。人如何能夠真正地了解另外一個人呢？除了不斷地溝通對話，以及側面觀察，還有沒有什麼方式？我對這有點好奇，不過當然那種好奇只有一瞬間，夏令營很忙，根本沒時間讓人想太多。

早上七點出頭，我已經到了教會，原本都騎腳踏車代步的，但上山實在太辛苦了，所以前置作業一結束，活動開始時我就改騎機車。那六十個小朋友簡直跟猴子沒有差別，沒幾個是乖乖聽話的，幸好這些課程偏向動態的居多，唱歌跳舞是基本內容，大家亂成一團也看不出來，但一遇到什麼閱讀課程就糟糕了，有聊天講話的，有動不動就要上廁所的，還有人在我辛苦朗讀童話故事時睡著，睡著不打緊，竟然還打呼。

而說也奇怪，我想像中的夏令營應該是連續好幾天都住在活動場地的，但怎麼這裡不太一樣，每天傍晚六點準時結束，小朋友的家長還會過來接人，隔天八點再把人送到。

「這跟安親班有什麼差別？」第三天活動結束，看著孟庭用甜膩膩的口氣，問宗杰能否一起下山，我搖頭嘆氣。在他們走開後，我問阿諺。

「本來就是怕小孩子在家過暑假太無聊，家長又沒時間陪，所以教會才辦活動的呀。」而他說著，拿了一頂安全帽就往頭上戴，但我知道他平常來教會都是搭公車跟走路，正想開口問，阿諺忽然朝我伸手，就要機車鑰匙。

「你要跟我借車嗎？」我愣了一下。

「也算是，一來我得到街上去買點東西，但更重要的是，我不應該眼睜睜看著妳每天無照駕駛，這未免太過危險。」坐上我的機車，他說：「別忘了，我是老師耶。」

是呀，這是我的老師耶！當我坐在後座，正猶豫著手該扶哪裡時，心裡也閃過這樣一句話。多微妙哪，我怎麼會喜歡自己的老師呢？這種感覺直到現在還是很不真實，國三那年認識後，礙於種種牽絆，始終無法跟他有進一步的接觸，沒想到畢業後的現在，我反而能夠很近距離地看著他的背影。被風吹亂的他的頭髮偶爾會刮過我的臉頰，機車騎得不快，我心裡的感覺很奇妙。

「你為什麼會想當老師？」順著小路下山，等紅燈時，我問他。

「如果我說這是從人力銀行找到的工作，妳會相信嗎？」他回頭笑著說，而我當然搖頭。「其實也沒什麼，就畢業了，沒什麼好工作，整天吃飽撐著也不是辦法，剛好又有人介紹，所以就來當約聘老師了。」

「意思是說，你約滿後就又要失業了？」

「應該吧。如果妳有好工作，也可以幫我介紹介紹，我會很感激的。」他還在笑。

「那不難，我家的工作就缺人手，喜歡的話可以考慮看看。」

「是嗎？」露出一臉新鮮的表情，阿諺好奇地問我家做什麼生意，而我很爽快地告訴他：「市場賣綠豆湯的。」

賣綠豆湯是很丟臉的工作嗎？一點也不，至少這是辛辛苦苦在守本分賺錢，儘管更小的時候，我曾經覺得自己家只能賣賣綠豆湯之類的東西，好像不太光采，但後來慢慢長大，看著我老爸很仔細在研究，如何讓綠豆煮起來軟硬適中，又研究糖的比例，也試著調配新的糖水配方，一步一步地掌握了非常不簡單的訣竅，久而久之，我認為自己老爸其實還挺了不起的。

聽我簡單說明了賣綠豆湯的事，阿諺點點頭，他說：「這可以考慮喔，我很懷念那種有小攤子做生意的日子。」

「你也做過路邊攤嗎？」

「不是我，是我外婆。」像是懷念著什麼似的，那充滿嚮往的表情在他臉上停留了一下，他說：「很久以前的事了，我外婆還沒過世前，跟我外公兩個在賣燕餃，我哥也在那邊幫忙。」

「所以其實你想念的不是路邊攤，而是外婆。」

「也許吧。」然後他用一個淡淡的笑容做了沒有結論的結論。

路程不遠，本來他想先送我回去，再自己走路去買東西的，但我認為這樣太過麻煩，無論他要買什麼，只要機車載得動，都可以明天由我幫他帶上去，所以最後討價還價的結果是，我們一起到了五金賣場，買完東西後，我再送他到捷運站去搭公車。

「你會不會覺得，人一旦長大，就會變得很懷舊？」走在一列列的五金用具之間，我問他。

「或許吧，小時候會覺得自己沒有能力，巴不得趕快長大成熟，總以為這樣就可以獲得自由，可以去做很多想做的事。然而這種想法，等到出了社會，遭遇到更多現實壓力後，就會整個改變，雖然還是不得不硬著頭皮去面對各種困難，但偶爾也會想，如果能夠重新回到小時候，那該有多好。小時候雖然沒有很多自由，但至少天塌下來都有人幫忙撐著，不必自己去承擔與面對。」挑了兩支螺絲起子，又拿了一些我陌生的小工具，他說：

「怎麼，妳很想快點長大嗎？」

「剛好相反，我也好想回到小時候，不必多，就國小時候就好。」瀏覽著那些工具，我說。

「為什麼？」

「因為國小學生不必補習，也不用擔心基測，反正畢業了就上國中，這麼簡單而已。在家呢，我爸媽也不會限制什麼，只會讓我痛快地玩，想出門就出門，想睡覺就睡覺。」

「課業壓力是一定會有的，而父母現在之所以會給妳限制，那是怕妳學壞。」

「我看起來像是很容易學壞的人嗎？」停下腳步，我努力睜大雙眼，看著阿諺。

「不像，但是妳太聰明，」他搖搖頭：「太聰明不見得是好事。」

跟我四目交接時，阿諺給我的是那種長輩對晚輩才會有的慈祥笑容，而殊不知，其實我最不喜歡的就是他這樣看我，因為那表示他對我一點其他的感覺都沒有。

「我倒覺得，有些人就是因為太笨了，所以才自以為別人都應該跟他一樣是傻子。」我哼了一聲，從他旁邊走了開去。

「這是在說我嗎？」

「你說是就是啦。」而我生氣地說。

面對這樣的遲鈍木頭，真不知道還能怎麼暗示他。又是一天的結束，洗過澡，本來想到外面去吹吹風的，但門一打開，悶熱的感覺撲面而來，最後我只能窩回屋子裡，躲在日式的小書房裡吹冷氣。這是我爸特別闢出來的小空間，他總認為，一個家裡如果少了書房，就沒了足以沉澱心靈的地方。不過說是這樣說，我一次也沒見他走進來過，這個老男人雖然喜歡讀歷史書，但通常都把自己的書放在臥房。老女人就更別提了，要她找書看，那可比登天還難，生活中真有一點閒暇，她寧可玩線上遊戲。

傍晚去完五金行後，換我騎車，載著阿諺到市場，請他喝了一碗綠豆湯，小攤子裡，他對這獨家口味稱讚不已，我也覺得很得意，雖然一想到他只把我當成年幼的學生這一點就心頭火起，但請他一碗三十塊錢的東西，這點度量還有一些。當阿諺跟我爸閒聊時，老女人忽然走過來，小聲地問我是不是就是這個男人。

「是呀，就是他。」老女人問的是，眼前這人，是否是我經常提起的阿諺老師，但我心裡的解讀，則是這男人就是我很想「把」的那一個。

「年紀多大？」偷眼端詳，老女人問我。

「大概廿五，比我大十歲而已。」

「唉唷，比我年輕耶。」說著，她居然伸手撥撥自己的頭髮。這簡直是不像話，莫非她想跟自己女兒搶男人不成？整理一下儀容，她又問我：「那他結婚了沒？」

「當然還沒，不到三十歲的男人怎麼可能那麼早婚？至少再等五年吧。」我的意思是說，五年後，本小姐就滿二十歲了，是可以嫁人的年紀了，結果老女人又點點頭，居然說那正好，可以介紹給我三阿姨。

「不行啦，人家是國中老師，年輕有為，怎麼可能喜歡妳妹妹？用膝蓋想也知道，妳妹妹又老又醜，哪裡配得上人家？」我趕緊阻止。

「我妹配不上？不然誰配得上？」聲音大了起來，顯然血統受辱讓她非常不爽，老女人瞪我：「我妹不行，難不成妳行？」

「說不定就是姑娘我喔。」得意地笑了一下，我說。

「哈，那我要請他喝第二碗綠豆湯了。」冷笑一聲，她就要站起身來。

「這麼快就答應我們的婚事啦？」

「想得美，」她出手極快，狠狠彈了我一耳朵，就在猝不及防地遇襲，我掩耳呼痛時，老女人說：「第二碗我會特別加料，來點砒霜好不好？妳要是那麼愛他的話，想幫忙喝半碗我也無所謂的，笨蛋。」

✤如果明知有砒霜，而他還願意張開嘴巴，那我就也甘願陪他喝半碗，我說。

剪紙課中，有個饒富創意的小朋友用一堆碎紙片，裁裁切切後，黏貼成一幅作品，是一幢房舍與房舍前手牽手的三個人，但畫面的一角卻留白，問他這象徵什麼，他說是爸媽跟他。

「只有三個，旁邊這位置呢？要放你的女朋友嗎？」我打趣地問。

「等妳點頭囉，妳如果接受我的告白，我就貼一個妳上去。」他居然很頑皮地這樣回答，讓人聽了傻眼。

本來以為自己魅力無法擋，連小朋友都為我心醉，沒想到這根本是癡心妄想，隔天一早，活動還沒開始，我坐在椅子上，正吃著自己帶來，很簡單的饅頭跟豆漿時，他手捧一份看來就很豐盛的三明治早餐，朝這邊晃過來，我正暗自高興，以為他會找我一起享用的，叵料這小子居然劈頭就問符符在哪裡，暱稱之親熱，讓我為之一愣。

「阿符還沒來唷。」我說。

「噢，那沒事了。」點個頭，他轉身就要走開。我錯愕了一下，叫住他，正在猶豫是否要問他那份早餐的問題，臭小鬼居然已經察覺我的意圖，還不懷好意地說了句：「這是我跟我老婆的早餐，妳想都別想。」

那是一種令人無比沮喪的心情，我竟然被一個八歲小孩給拋棄了，不知道這能否構成去環島的失戀條件。整天我都在記恨這件事，當然，對阿符也極盡調侃之能事。

「別這樣，人家也是可以有行情的。」午餐時，孟庭先是笑彎了腰，跟著這麼說。

「有沒有搞錯，也不想想這年紀差了多少！」我生氣地嚷嚷：「女的這個青春期都快結束了，男的那個卻還沒開始發育呢！」

「頂多差八歲嘛，那妳呢，怎麼不想想妳跟那個人差多少？」孟庭這句話讓我一時語塞，竟不知該如何搭腔，她嘿嘿一笑，又說：「怎樣，差更多吧？十歲耶，整整十歲耶！」

我為自己一時失算而懊惱不已，眼見得她們兩個不住竊笑，正想再逞強說點什麼，結果阿諺卻剛好走了進來，問我們在聊什麼，笑得這麼高興。

「阿諺，你認為愛情有年齡的差距嗎？」還帶著笑意，孟庭問他。

「基本上是沒有，不過如果是阿符跟小凱的這對組合，那恐怕還是不太方便，畢竟小凱只有八歲……」連他都知道這件事了，邊說也邊笑出來。

「所以你可以接受有年齡差距的愛情囉？」起了一個話頭之後，孟庭偷眼向我瞧了一下，跟著又問。這答案我也很想知道，只是我問不出口。

「應該無所謂吧，本來愛情來了的時候，年齡就只是一個次要的問題呀，不是嗎？」說著，他拿了一袋便當，坐下來，把便當遞給每個人。

「那如果丁彧跟你告白，你們也是有可能談戀愛的囉？」這未免問得太直接，我瞪大了雙眼，瞠目結舌，阿諺也呆了一下，全場就只有孟庭一派鎮定：「我說的是『如果』，假設假設。」

「光以這個『如果』而言，當然，我不能違背剛剛自己說過的話，那確實是有可能的。」想了想，阿諺很認真地回答：「我想我應該可以算是個成熟懂事的人了，所以，如果我會愛上丁彧，那一定是很認真地愛上她；但相對地，不管是丁彧或妳們兩個，都可能只是一時的感覺使然，錯把喜歡當成愛。不過無論是怎樣，妳們也都到了開始明白愛情的年紀了，在這樣的情形下，確實可能談個戀愛。」

「簡單地說，就是一個『會』，對吧？」孟庭點點頭，眼光盯緊了阿諺，這讓我也跟著緊張起來，便當盒在手上抓得好緊。

「就說了這只是單純以年齡條件來假設跟討論嘛。」阿諺說：「假設跟實際上畢竟是有所不同的呀。」

「那實際上呢？」還不死心，孟庭又問。

「實際上可能有點困難。」結果阿諺笑了，打開便當盒，他先挾起一顆滷蛋就往嘴裡送，一邊吃，一邊用含糊不清的聲音說：「我有女朋友耶，雖然她現在人在德國，不過大概下個月就會回來，我們可能今年就會結婚了呀。」

然後我就完全沒食欲了。

食材行的老闆對我居然騎著機車來買砂糖，感到有些訝異，通常只需要打通電話，他們就會將食材送過來，但今天一來是老爸補貨時忘記要補砂糖，再者則是食材行的貨車已經出發，也來不及追加訂貨，所以老爸一通電話打到我這兒來，要我在夏令營結束後騎車來買。

聽說起教會的夏令營活動，老闆自稱以前也常上教會去做禮拜，不過後來工作忙，連週日都沒得休息，最後只好放棄。見他臉上有惋惜的表情，我反而不解。

「這應該也不能說是迷信，本來每個人對宗教的需求就不一樣，有的人在求下輩子，有的人求的只是現在活得心安，另外有些人則直接一點，跟神明求榮華富貴。」那個微胖的老闆說：「我呢，我這人比較現實，想求心安就上教會，想發財我就拜財神。」說著，他還指指供奉在角落的神像，笑得挺坦然，一點也不覺得這樣有什麼不對。

老實說，如果真的要向上帝祈求什麼，我猜我最想求的，就是今天的一切都沒發生過，這樣就好。

第一次基測放榜後，沒能考上我最理想的高中，第二次考試迫在眉睫，我卻一個字都沒念，甚至連書本也沒翻開過，會考出什麼成績，實在不敢想像。但這不是我關切的重點，反正只要想念書，什麼學校都一樣。老女人經常掛在嘴上的一句話就是這麼說的：學校沒有好或不好，只有學生自己想不想認真。所以我不需要上帝來幫這個忙，我只求祂讓我今天聽到的那句話消失。

不想跟食材行的老闆囉唆太久，騎著機車，把一大袋砂糖擺在腳踏墊上，我騎到距離家裡不遠的海岸邊，這兒風景也不差，只是附近有漁人碼頭跟淡水河渡口這兩大知名景點，吸引了大部分的人潮，所以平常人很少，只有當地人才會知道這個私房景點：一條羊腸小徑、一段老舊的堤防，如此而已。把車停下，爬上堤防，天快黑，老爸應該在等著這袋砂糖，但我卻沒有急著回家的念頭。一旦到家，看我滿面愁容，老女人一定又要再三盤詰，那可讓人受不了。

我怎麼這麼蠢呢？望著遠遠天外的一片橘紅色迷濛，我責怪自己，這一年來，怎麼從沒想過要問問看呢？阿諺的條件不差，他當然不可能沒有女朋友呀，我居然從沒想過這件事。

那會是個什麼樣的女生？留學德國呢！一定有很好的外文能力，這一點我輸了；年紀肯定比我大，也跟阿諺比較相配，這一點我又輸了；我們學校有不少漂亮的女老師，但是阿諺卻對人在國外的女友情有獨鍾，這樣的女生想必姿色不錯，對比我這醜樣子，那這一點也完了。不必想太多，隨便挑三個條件，我就毫無招架之力，思之及此，我喟然長嘆，自己還有什麼希望可言？人家根本只把我當成一個小女生吧？而我居然很蠢地以為那些狗屁倒灶的言情小說情節可以真實上演。

所以是不是放棄了會比較好？往現實看，夏令營再兩天就結束，短暫的交集又將結束，我們最後依舊是路歸路，橋歸橋，沒有再碰頭的理由。然後我要進考場，接著七月中一旦放榜，那麼九月也許就填個遠一點的學校，從此展開一段新的生活，或許新環境裡會有新的故事在等著。

但是這樣真的會比較好嗎？會嗎？我很想說服自己，給自己一個漂亮的理由去接受與相信，然而卻無論怎麼想都不甘願。雖然這一年來我什麼都沒做，但是，從看到他玩紙飛機的那天開始，直到這幾天的相處，我都覺得自己是真心地喜歡他，而且一直喜歡到現在。

反反覆覆，苦悶了好半晌，但是一點肯定的答案也沒有，也許最後我只能在兩天後，夏令營結束前，跟他坦白這些心事，然後從此天涯兩隔，早點死心了。萬般無奈中，終於站起身，還是趁著天黑前趕緊回去好了，免得被老爸罵到臭頭。不過就在我跳下將近一公尺高的堤防，剛坐上機車，正準備發動時，口袋裡的手機忽然響起。

「妳家今天有營業嗎？」電話接通，居然是他打來的。愣了一下，我說今天又不刮風下雨，當然照常營業。說話時，聽見自己聲音有點虛軟，也不知道是因為心虛，還是怎麼回事。

「那我晚上過去。」電話中，他開心地說。

我真的要放棄嗎？他對獨家配方的綠豆湯讚不絕口的樣子還清晰在腦海裡，始終揮之不去，如果真要放棄，那我放得下嗎？或者，難道我真的完全沒有本錢嗎？就算外文能力差、年紀有點小、長相普普通通，那又如何？至少我有一樣資源可以利用嘛。想到這裡，忽然就笑了出來，從小到大，從來都不知道，原來老爸的綠豆湯也可以是我用來談戀愛的祕密武器。

❖老爸，我愛你。

12

「我現在要開始正式地懷疑，究竟阿諺對妳做過些什麼。」以異常認真的口吻，阿符說。

「什麼也沒做過呀，我的初吻還在，當然也還是處女。」於是我也以非常嚴肅的態度回應。

「但妳可能已經被下蠱，或者下降頭，也可能被施了符咒。」

「李政諺是基督徒耶。」才講兩句話，看來已經沒有繼續嚴肅的必要了，我一時大意，忘記阿符的腦容量其實不高，問的問題跟思考方向都與眾不同。

「基督教沒有這種法術嗎？」

「我想應該是沒有。」皺著眉頭，我說。

「反正他一定對妳做過些什麼，」她還是一派認真地說：「不然妳到底在對他癡心個什麼勁兒？」

「這個嘛，」其實我自己也很想知道，不過想來想去都沒像樣的理由，最後也只能拍拍阿符的肩膀，跟她說了一句：「這個等妳長大之後就會明白了。」

夏令營的最後一天，看著掛在牆上，我們這幾天來的課程表，每完成一項就打個紅色的勾，那滿滿好幾頁的痕跡，我覺得非常驕傲。身為家裡最小的女兒，我從來不曉得，原來小孩子是一種這麼可怕的動物，他們有耗不盡的精力、問不完的怪問題，以及永遠都學不會的安靜，就連結業式上，靖哥在講話時，他們也依舊交頭接耳，甚至還有人你一手、我一腳地打來打去，結果台上都還沒講完話，台下的小朋友已經又亂成一團。

「妳明年還會不會想來幫忙？」結束了剛剛那個愚蠢的下蠱問題，阿符又問我。

「也許吧，誰知道。妳呢？」

「如果小凱明年還依然這麼迷戀我，那或許就會。」

「妳只是貪圖他的免費早餐吧？」哭笑不得，我說。

小朋友們貼心地送了不少禮物，我的不外乎是些卡片之類，這些孩子當中，只有小凱出手最闊綽，居然是一瓶寶格麗香水，市價大概值個兩千多塊錢吧，而不用想也知道，那是送給阿符的。

我們將一箱箱的聖經又堆到門口，這回不必再讓女生來搬了，宗杰他們那些男的紛紛動手，沒幾下就料理完畢，我拆光了牆上的汽球，也將地板掃乾淨，一直忙到晚上八點多，最後一天也是最晚收工的一天。好不容易都收拾好，已經滿身大汗，正想問問孟庭跟阿符想不想去吃冰，就看見一輛轎車開到教會門口，車窗搖下時，我認得那是阿符的媽媽。

無可奈何，看她拿起包包，原本我還慶幸可以找孟庭一起的，不料都還來不及開口，她就先對我說：「功德圓滿，普天同慶，現在是追求個人幸福的時候了。」

愕然，我的思樂冰肯定比不上宗杰的一瓶礦泉水吧？眼看著他們並肩走了出去，最後就剩下我呆若木雞地傻在原地。

「怎麼了，在發呆嗎？」阿諺的聲音從背後傳來，他正搬著一箱東西，停下腳步來問我。

「不，我現在在思考，我在想，這世界上還有誰可以陪我一起去吃冰的。」

「剛流完汗就吃冰，這對身體很不好。不嫌棄的話，倒不如我煮杯咖啡給妳喝。」他很好心，而我卻有點訝異，教會裡有煮咖啡的器具嗎？如果有，怎麼這幾天來從沒見過？不過一邊納悶，也一邊慶幸，天時地利人和都站在我這邊，這才有了一杯咖啡的約會時間。

那地方也不偏僻，只是跟夏令營的小教室反方向，所以我們從沒走來過。阿諺打開了教會後面的一個小房間，點亮燈，裡頭有一張小床、一張木桌，以及一排小櫃子，非常簡單的陳設，唯一的裝飾是牆上一幅耶穌的最後晚餐畫像。乍看非常單調，但我一踏進來，就先被小櫃子上的那一堆器具給吸引了目光，除了電熱水瓶，不但有虹吸式的咖啡壺，手沖的用具也一應俱全。

「這地方有點像是我們小時候所謂的祕密基地，平常不太有人知道，會來的，除了我們兄弟倆，也就只有牧師與牧師娘了。」阿諺說著，把手上的箱子放下，我才注意到，箱子裡的是一堆雕刻的半成品，而再一轉頭，發現角落那張木桌上，也擱放了一大堆木雕作品，不過看來沒幾件是完成的。

「所以這是你的房間嗎？」

「是，但也不全然是。」放下東西後，他先拿了煮咖啡的用具稍微擦拭一下。「這話如果要從頭說起，可能會花費不少時間，不過反正要煮水，那就乾脆給妳講個故事。」他一邊動作，一邊說：「以前呢，我這個同父異母的哥哥也算是個不良少年，不過他一直都很照顧我，只是動不動就跟人家打架，雖然說人在江湖，常常身不由己，不過妳也見識過了，他那個人哪，脾氣一上來，連上帝都抓不住他的。」

我點點頭，坐在木桌邊的板凳上，想起的是夏令營開跑前，他們兄弟倆光是為了裝飾該用假花或氣球，居然就大打出手。

「後來呢，終於鬧出了事情，他進了感化院。就是在感化院裡，他接觸到教會，進而受洗，變成一個有宗教信仰的人。當然，妳也別以為宗教真的那麼厲害，可以改變他什麼，事實上那是跟另一個女孩子有關，他們交往了很多年，一直到現在。」

「那女生現在呢？」

「受訓去了，平常很少回來。」阿諺沒有多說這個分岔的支線情節，把磨好的咖啡粉放好，也插電讓熱水瓶開始燒煮，他又說起自己與這個教會的淵源，「本來我是無所謂，反正什麼宗教都差不多，不過高三那年，我爸肝病死了，又沒兩年，我媽也癌症過世了，那時候我覺得很徬徨，感覺自己好像從此無依無靠了，直到我哥有一天忽然問我想不想去教會。」

「所以你就來這裡了？」刻意不讓自己有太多的表情變化，我要裝作這只是個平凡無奇、與我完全無關的故事，就這樣聆聽就好。

「是呀，不過以前我們不在淡水，而是在中部的鄉下，當時牧師人在中部服務，我是那時候認識他們夫婦的。後來任期滿了，他們回到台北，就在這裡牧會，而因為工作的緣故，我跟我哥剛好也都待在北部，就這樣，大家又聚在一起。」他抬起頭來，看看這房間，嘆口氣，說：「這房間是牧師娘替我們兄弟倆準備的，她就像我們的媽媽，雖然平常話不多，可是卻很貼心。我哥還好，他的生活跟教會關連緊密，但這幾年我都忙著自己的生活，也很少回來教會，當然就更少在這裡過夜。」

點點頭，我明白他的感受，這幾天牧師娘確實很照顧我們每一個人。阿諺說我旁邊那木桌上的雕刻也都是他以前練習的試驗品，這些年來，儘管上面都蒙了灰，牧師娘還是保持原樣，從來不曾擅作主張丟棄。

「要不是這幾天夏令營活動，我也不會把煮咖啡的東西帶過來。又那麼剛好，自己一個人喝了幾天咖啡，今天終於有人陪我喝一杯了。」在濃濃的香氣中，他端給我一個白色的磁杯，裡頭裝的是黑得很醇美的深色液體，白煙微蒸，瀰漫了香郁的氣息。

「黃金曼特寧。個人認為這是地球上最完美的香味與飲品。」他笑著說。我心裡很高興，但不知怎地，就是覺得自己應該端莊一點，尤其在只有我們獨處的這當下。接過咖啡，我很想趕緊喝一大口，但那未免失態，而且實則咖啡真的很燙，我才剛碰到嘴唇，就立刻又縮了回來，嘴裡嚐到的除了熱燙，還有很苦的滋味。

「別急，慢慢喝呀。」他淺淺地啜了一小口，又說：「雖然咖啡研習班裡，我們大家在玩奶泡拉花，弄什麼焦糖之類的，但我真的覺得，那些在咖啡裡隨便添加東西的人，實在是不懂咖啡，而且簡直是侮辱咖啡豆，應該通通抓起來，拉出去斬首示眾的。」

我終於忍不住地笑了，看他一派認真，我問：「人生很苦耶，沒有比較好的選擇嗎？為什麼連喝個東西都得這麼苦呢？」

「再喝一小口，然後隔個五秒鐘，好好品嚐一下它的後味，然後妳就懂了。」不給我答案，他卻這麼說。

依言為之，我再輕啜一口，苦味又滿溢在我嘴裡，黃金曼特寧我也喝過幾次，但這一杯的口感甚佳，滑順而不酸澀，濃淡也很適中。喝下去後，我咂咂嘴巴，稍微等了一下，果不其然，忽然間我就明白了他的意思，那是一種淡淡的回甘滋味，正逐漸從咽喉深處回饋而來，浸潤了整個口腔，讓人非常舒服。

「妳得先吃得了苦，才品嚐得到回甘。這就是人生，也是我的咖啡哲學。」他說。

✤ 我願為你跋山涉水、歷盡滄桑，但願這一切也會有回甘的一天。

很可惜，那樣好喝的咖啡，通常便利商店裡不賣。阿諺說，如果哪天飲料架上可以買到這種咖啡時，他一定要痛痛快快喝一整箱。我說那可好，要真有人賣這種咖啡了，千萬記得找我去。

「那有什麼問題，如果有那一天，我就牽著妳的手，大搖大擺走進去，叫他們把咖啡全部搬出來。咱們痛快喝完後，再手牽著手一起走出來。」笑得很開心，他這麼說，而我雖然臉上只掛著淡淡的微笑，但其實心裡正在歡呼。

「走去哪裡？」

「隨便啊，妳想走去哪裡？」

「走去私奔，你說好不好？」

「好。」他還是笑得很開心，完全沒猜想到我這可是非常認真的提議。

說也奇怪，曾幾何時，那種微微不安的感覺竟然不知不覺間就消失了。還記得剛畢業時，我跑到學校去找他，繼續參加尚未結束的咖啡研習班時，心裡還有點忐忑，沒想到也才幾天而已，改變竟然這麼大，與他對話或視線相對時，不但不再有那些不安，反而還能鎮定地跟他坐在一起喝咖啡。

「不過我說真的，感覺上妳跟其他的國三學生很不一樣。」喝完一杯咖啡，他幫我倒了杯水，然後清洗咖啡用具。

「會嗎？」湊近去細看那些近乎荒廢的木工半成品，其實我很認真在跟他說話，假裝觀賞東西，只是想讓自己看來有點事做，不然我連眼睛該看哪裡都不曉得。

「一般來說，小女生都會扭扭捏捏，沒那麼大方跟自然，而且通常，我說的是通常，妳們這年紀的小女生應該都很聒噪才對。」他說。

「可能看對象吧。」我一語雙關，本來自以為這是個成功的暗示，不料他洗完東西，走過來時，卻是苦惱地問我，是否跟他講話太無聊，所以我才這麼安靜。

真是哭笑不得，更不知道如何安慰才好，我只能微笑以對。趁他擦拭器具時，我也伸手抽了幾張面紙，將那些木雕上的灰塵揩去。

「那些可以不用擦，都是老東西了，我只是懶得整理，否則都早該丟囉。」瞥眼，他對我說。

「但我覺得這些木雕並不差呀。」雖然不太認真看，但也瞧出來了，那是一些練習的作品，雕的應該是些佛像或動物之類。其中有一件讓我非常有共鳴，那是一個擺出弓箭步，左臂前伸，似乎遙指前方，而右手揑拳上舉的動作，沒有細部的雕琢，只有大致的輪廓，外型看來，很像是正在打拳的僧人，看起來很有勁道，少了細膩的部分，反而更突顯出整體的張力。好奇地問他，怎麼基督教的信徒會以中國的神像做題材，他說得很簡單而坦然：「雕刻是一門藝術，藝術自有其題材，那與宗教信仰無關。」

這說得也是。回家後，我根本沒洗澡，就先往客廳的沙發上賴，手上把玩著的，是離開教會時，我跟阿諺要來的其中一件作品。那尊僧人打拳的體積有點大，所以我挑的是另一個未完成的觀音像，徒具規模，但細部的雕飾卻未處理，阿諺說那是他自己很喜歡，卻也遺憾的失敗作，因為當年的功力不到，所以細部的線條無法傳神地刻畫出來，而這幾年他轉而偏愛一些較為抽象的雕刻，所以這種寫實派的東西就擱下了。當我跟他要這個作品時，他還笑著稱讚我好眼光。

「最完美的失敗作，聽起來就很弔詭。」我說。

「人生本來就很弔詭。」他點點頭，就把它送給了我。

神像很小，頂多我一個巴掌大，這如果要雕得很精緻，恐怕得費上偌大工夫，而且耗時很久。阿諺說他有個老師在苗栗，算是木雕方面的授業恩師，不過年紀高大，現在已經不再動刀，老師傅有個早年的木雕工場，退休後就留給他這個學生去發揮。

「苗栗？是在三義嗎？」我只聽說過三義的木雕非常有名。不過阿諺卻搖頭，他說那兒早就變成觀光勝地了，真正只為了自己而雕刻的老師傅，大多不會想在那裡成為觀光商品，反而都在其他地方。他這個老師的木雕工場距離三義不算太遠，就在靠海的竹南鎮上。他接手那個小工場後，每逢暑假都會過去住上一陣子，就玩玩雕刻。

「那看來有機會的話應該去參觀參觀。」我打趣地問他收不收門票，而他笑著說：「參觀可以，不過就是地方小了點，而且亂七八糟，怕妳大失所望。」

在那斗室中，見我對那尊神像愛不釋手，他問我去年的工藝課可曾做出過些什麼，想了想，我說那可多了，有傾斜的唱片架、長短腳的小板凳，還雕刻過一隻看起來很像狗的兔子。

「妳……」帶著為難的表情，他問：「妳真的是我的學生嗎？」

「很不幸，答案是肯定的。」而我也覺得有點難為情。

因此，在我帶點耍賴的央求下，阿諺最後很勉強地答應再次收我為徒，這次不再是那種全班的工藝教室上課，他允諾這暑假找幾天，帶我去那個聽起來就很陌生的竹南小鎮，去海邊的小木工場，學一點真正的木工技術。心裡是歡欣鼓舞，臉上是幸福得意，不過我嘴裡還逞強地說：「好吧，再給你一次機會。」

那是一種很簡單的滿足，雖然我知道自己對木工的興致不是真的那麼高，這盛夏哪，待在海邊一個肯定沒有冷氣的地方，拿著雕刻刀或什麼木工工具，不要說想穿得多美了，做一天木工下來，能不弄得太髒就該萬幸了。

「妳知不知道我站在這裡已經看了妳十分鐘？」都不曉得過去多久時間，直到老女人發出聲音，我才猛然驚覺。她一臉疲憊，就在玄關處看著我，用非常無奈的語氣說：「不必問我也知道，那是妳正在談戀愛的證據，對不對？」

「是呀，情郎的定情物，妳羨慕嗎？」

「不，我倒是覺得挺慶幸的。」嘆口氣，從我旁邊走過去，直接進了廚房。老女人完全不想跟我套問什麼消息，她只說：「妳要真能嫁得出去，那倒也好，免得老娘辛苦一整天，回來還要看妳那副春心蕩漾的德性，真是夠了。」

✤我再給你一次機會，你要認真地讀懂我的眼神，好嗎？

14

一大早就搭捷運出門，到台北市來考試，孟庭還在抱怨她的腰痠背痛，阿符也一臉睡眼惺忪，這幾天大家都好累，平白無故多了個夏令營活動，甫一結束就要立刻參加基測考試，雖然我們不太在意考試結果，但這種行程卻是誰都有點吃不消。

大學校園很美，參加二次基測的考生也不少，整個就是熱鬧繽紛的感覺。結束第一天的考試後，我們還跑到西門町去，美其名要找地方坐下來讀書，事實上根本就在茶店裡聊天喧鬧，直到天都黑了才回淡水；第二天一早又到考場，題目依舊簡單，我們都早早交卷離開，本來還想找她們去看電影的，沒想到孟庭已經跟宗杰有約，他們要相偕到基隆去玩。

「一起去吧？」在捷運站前，她大方地開口邀約，不過我跟阿符卻一致搖頭，誰想去當電燈泡呀？去那邊看人家卿卿我我有什麼意思呢？看她走進捷運站，我把包包揹在肩上，正想問阿符要不要看電影，她卻已經先說要回家睡覺，把這幾天沒睡飽的全都補回來。

「妳再睡下去，就不只是拖鞋發霉了，而是整個人連身體都長出香菇來。」我威脅她。

「那好，等香菇覆蓋我全身的時候，就可以當棉被蓋，睡覺開冷氣都不怕著涼了。」她居然這麼不要臉地說。

百無聊賴，一個人搭捷運到台北車站，沒有沿淡水線直接回去，我穿過擁擠的地下街，走上地面，外頭陽光耀眼，整座城市像熱烘烘的烤爐。但我心情沒受影響，從車站出來，辨明方位，一個人沿著馬路慢慢走，一路晃到中正紀念堂，這兒安靜許多，甚至好像連空氣品質都比較好。兩廳院有很多展演的資訊，隨意瀏覽一下，那些舞台劇呀、歌劇呀，其實我完全不懂，也不怎麼有興趣。走累了，就在角落的摩斯漢堡坐下歇腳，很悠閒地喝著冰可可，看著鄰桌的客人，那是一個年輕的媽媽，帶著兩個小孩在吃漢堡，很快樂的模樣，小朋友調皮地跑來跑去，玩得不亦樂乎。

如果是一個星期前，也許我會覺得小孩很可愛，但歷經七天的夏令營折磨後，我現在只想把這些動不動就暴走的小鬼全都丟進垃圾車裡。轉過頭來，眼不見為淨。喝著東西，我在想，什麼時候打電話給阿諺會比較好呢？他真的會帶我去竹南嗎？好不容易又找到一個可以跟他繼續碰面的機會，究竟有什麼辦法，可以讓他明白我的想法呢？畢竟機會不是那麼好找，我也不可能永遠都厚著臉皮不斷糾纏人家，遲早都得找個適當的時機來表白才行。

打開包包，裡面藏著我今天特別帶在身邊的護身符，那不是廟裡求來的紙張寫就，而是阿諺沒刻完的神像。只具雛形的觀音像，應該沒有神力加持，但我相信隱隱約約裡，它一定蘊藏著不可臆測的力量，會帶我走往一個美好的方向。所以昨天早上出門應考前，我特別放進包包，一起帶了出來，今天也不例外。

指尖輕觸神像，我的力量很輕，順著木頭的線條緩緩移動。閉上眼，想像著幾年前，阿諺可能年紀還比現在的我只大上幾歲時，一手持著木頭，另一手則一刀一鑿地雕琢著，那該是怎樣的聚精會神呢？會不會因為一不小心，哪一下用力過猛，多削了一片而感覺懊惱？或者就弄傷了自己？我從沒仔細看過阿諺的手，上頭會不會有很多小傷疤？那些鍛鍊中，是否讓他學習到了更多？真想快點去看看他竹南那邊的作品，抽象的雕刻風格跟寫實派的到底有何差別？

看著看著，我拿出手機，很想現在就打電話給他，一來要約時間，二來我想告訴他，不必替我的考試成績擔心，這次考試出奇得簡單，而且北部的學校很多，我一定不會跑太遠。然而按出電話簿中他的號碼後，我卻遲遲不敢撥出。是在猶豫什麼呢？是怕打草驚蛇、莽撞誤事嗎？還是隱隱約約中，我又想起他有女朋友，而且可能訂婚在即的這件事？自己都搞不清楚。

「小姐，這是神像嗎？」女店員的聲音將我從這片迷茫且毫無章法的思緒中扯了回

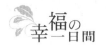

來，她端來我剛剛點的漢堡，開口問我。

「本來是，不過現在不是囉。」我得意地說：「它現在是我的幸運物。」

「它會帶來幸運嗎？」把裝著漢堡的小籃子放下，她好奇地又看了一眼，問我這是什麼教的神像。

「不需要任何宗教加持，它的神力只來自於雕刻它的人。」

「那我懂了，」微笑，她收走我放在桌上的領餐號碼牌，用很溫暖的語氣說：「加油，祝妳好運。」

「謝謝。」而我也笑著回應。

✤我相信你一直在我左右，就像它會一直陪伴我。

那沿海地帶始終有風不息，如思念不息。
在夢中邊境悠悠蕩蕩地，浸透了肌膚的寸寸，又濡汗而凝成你的輪廓。
這不好哪，當滿天火光化作了一地餘燼時，心都還不死。

我斬絕不了愛戀的縷縷絲絲糾纏，
只好在黎明乍曙時，盼你到來。

一大早就在車廂裡搖搖晃晃地往南前進。我不是沒搭過火車，不過卻是第一次坐在火車上卻完全不想看風景。跟阿諺在淡水捷運站會合，七早八早，那些做觀光客生意的店家都還沒開門呢，但已經有遊客踏進這個還沒完全清醒過來的小鎮，真服了他們。

在台北車站換上火車後，我們才開始吃早餐。他準備了一個飯糰給我，我則帶了兩杯綠豆湯與他分享。

「這綠豆湯該不會是昨天賣剩的吧？」

「當然。」我答得非常乾脆。

不過這是騙人的，我們家的綠豆湯很少有得剩下，大部分都是當天賣光。老女人的哲學就是這樣，她寧可早點賣光，趕緊回家玩遊戲，也不願擔心剩下的綠豆湯會酸掉之類的，反正她不缺錢。所以這是今天一大早，我把老女人叫起床，要她特地煮了一小鍋，再丟進幾顆冰塊，降低溫度後才盛裝出來的新鮮產品。縱然有萬般不情願，但是看在女兒今天要去約會的份上，她也只好照辦。

「所以妳媽知道今天是老師要帶妳去竹南囉？」聽我說完，阿諺問我。

「基本上我家是沒有祕密的呀。」點頭，我說。

「那倒也不錯，免得他們操心。」他還傻愣愣地附和著：「如果妳是我女兒，我也會這麼希望。」

「希望什麼？」一聽到這話，我就老大不開心，當下口氣也冷了起來。

「希望女兒沒有祕密瞞著我呀，也希望像這樣年紀的女孩子，是讓老師帶著去學技藝，而不是跟一些同年紀的小鬼到處玩，不但學不到東西，而且搞不好會交到壞朋友。」

「是呀，是呀，跟老師出去可真是再安全不過，一舉數得呢！」我冷笑，心裡想的卻是另一句話：媽的，豬頭李政諺，蠢成這副德性，你不如去死一死算了。

「當然。」然後他還在自鳴得意。

沒預先查詢好對號車時刻的下場，就是我們花了好多時間在緩慢的區間車上。竹南車站跟我想像的很不一樣，原以為既然是海線的小鎮，那麼車站應該古色古香才對，不料它居然是一棟很新穎的現代車站建築，當下讓我有點失望。

走出來後，外頭陽光耀眼，一個好大的廣場，路邊停了不少輛計程車，不過阿諺沒有揮手叫車，他帶我走到廣場邊一個寄放機車的地方，跟老闆打了聲招呼後，稍微聊了幾句，就往停車棚內走。本來我還想著，就算沒有計程車，那麼騎機車至少也可以吹吹風，哪知道他進去後，牽出來的居然是一台腳踏車。

「這是開玩笑的吧？」我咋舌。

「我哥的車今天他自己要用，我也沒閒錢買車，要是把機車丟在這裡也不行，太久沒發動會很容易故障。」一說著，拍拍腳踏車的鐵架後座，他倒是非常驕傲地說了一句：「它可從來沒載過人呢，妳算是佔便宜了！」

這算是一種浪漫嗎？頂著艷陽天，屁股在非常難坐的後座上震得好痛。我每次看到在淡水河附近騎車的遊客，都覺得他們一定是傻子，才會沒事花錢折磨自己。而現在，我覺得即使不必自己踩踏板，但也一樣痛苦萬分。順著很繁榮熱鬧的街道，一路往市郊區去，我本來還想勉強說服自己的一點點浪漫念頭早就消失無蹤，只剩下滴滴滑落臉頰的汗水而已。

不過如果我在後座都熱到快融化了，那麼在前面賣力騎車的阿諺豈不是更辛苦？他很用力地踩著腳踏車前進，幾乎不太說話，想來也沒多餘力氣聊天了吧？請他在路邊的便利商店稍停，我想買水給他，免得熱到中暑。其他的零食就算了，不要多添重量，可是走到櫃檯結帳時，他自己卻抱了一堆泡麵跟餅乾。

「你這是打算野餐嗎？」我從沒看過這樣買食物的男人，一時還有點難以想像。

「等一下就知道了。」而他很篤定地說。

那是一段好遠的路，從市區出來，離開便利商店後，轉到一般的產業道路，順著兩旁的田野繼續走，又騎了快二十分鐘，穿過西濱快速道路底下的涵洞，這才接近海邊。阿諺說這兒現在已經陸續開發，有比較多的遊客，甚至還蓋起了人行步道，不過大約再早個七八年以前，這一帶海岸線可是非常荒涼。

「現在也好不到哪裡去吧？」

「至少現在這是個可以帶女孩子來約會的地方，以前可不行哪。」他說。所以我們是來約會的嗎？聽到這句話，我心中一喜，彷彿一路上的酷熱難當也都值得了似的。

確實沒錯，在我心底深處，的確把這趟行程當作是約會，儘管到了海邊，在距離海岸很近的地方，看到那老舊的小平房時，真有種令人皺眉的不安全感。阿諺說他每年夏天都覺得老房子會撐不過颱風的摧折，但很奇怪，無論傾頹得再嚴重，它就是永遠屹立不搖。磚造房子，進出只有一扇小門，非常斑駁老舊，很多地方的牆面水泥都已剝落，露出裡頭的紅磚。小屋裡頭毫無格局可言，不過左右兩面都有窗子，所以空氣很流通，一邊大概就是工作區，不但地上堆置了許多木頭，兩張方桌上也擺了許多工具，至於另一邊則是幾個矮櫃子權充隔間，櫃子的另一端就是一座看來搖搖欲墜的木床。

「妳看到的每一樣東西都是自己做的。」和我站在一起，阿諺指著房子裡的一切，然後抬頭往上看了一眼，說：「連天花板跟樑柱也是，不過看來可能得修補一下，否則颱風季節一來，搞不好屋頂就被吹走了。」

這時我跟著往上看，差點沒有傻眼，這哪裡能算是屋頂呢？說穿了，這房子就是四面水泥磚牆包圍起來後，把木板釘一釘，架在一根橫木上當屋頂而已。這樣的建築居然可以撐得了好幾年，實在有夠奇蹟，而且屋子裡全都是木頭或木頭做成的東西，丟在這兒置之不理，居然也沒引發火災，那可真是僥倖。

吩咐我先把一整袋的食物放好，他從角落搬了木梯，也隨手拿了幾樣工具，就到外頭去開始整修。我在床邊坐下，正要把那些食物擺放到櫃子裡，卻看見櫃子上有個木製的小相框，那照片有點舊了，是個年輕的女孩，頭髮比我長，眼睛比我大，看起來比我成熟文靜，而且笑得很開心。

「有照片。」拿著相框，我對著外面喊。

「她叫小純，純粹的純，我女朋友。」而他在外頭回答。

✤不必等什麼天災，我現在就想放火了。

常見的木材種類有夾板、集成材，或者更厚一點的貼夾板跟材質較好的集成材，一般來說，有這些板材就足以做出木工家具，至於手工的工具，最基本的當然是鋸子，不過鋸子可不僅只是鋸子，跟這裡的東西比起來，我們工藝課的那些玩意兒簡直是兒戲，阿諺搬出兩個大箱子，從裡面拿出至少三四種鋸子，其中還有一把裝著圓型鋸片的電鋸。

「槌子也一樣，榔頭以材質而言，可以分成鐵鎚、塑膠鎚跟木槌，每一種用途都不太一樣。」拿完鋸子跟槌子，他如數家珍，又開始介紹起鉗子。

「鉗子不就是鉗子嗎？」

「鉗子當然也不只是鉗子呀。」笑著，像在展示收藏品似地，他拿出各式各樣的鉗子，一一介紹：「老虎鉗，又名鋼絲鉗，可以拔出鐵釘，也是絞線時力量最大的鉗子。尖嘴鉗，通常拿來夾比較細的東西，纏電線尤其好用。斜口鉗，這是剝電線外皮的利器。」

「那這個呢？」我指著一支鉗頭很圓，看起來非常畸形的鉗子，它長得很像海裡的一種大頭鯊魚。

「這特別一點，叫作拔釘鉗，在拔釘子或夾斷釘子的時候很好用，比老虎鉗更專業。」他得意地說。

我猜這些應該都是他的寶吧，瞧他展示這些東西時，臉上有孩子般天真的神情。屋子裡的每一樣東西都老舊不堪，但就只有這兩大箱的工具常保如新，而且幾乎纖塵不染，比起那個蒙了一層灰的女友照片，只怕他更在意這些工具的保護。

「你把這些東西收得很好。」

「使用完畢一定上油保養。」他驕傲地說。

「我看你對這些冷冰冰的工具，可能都比對活生生的人要好。」我說。

「當然，至少它們很乖，只要你對它們好，它們就會幫你很多忙，會幫你把四四方方的木板做成很多很棒的東西，或者幫你把一塊看來平凡無奇的木頭，變成一件具有藝術價值的木雕作品。」

「女朋友呢？你對女朋友好，她難道不會也對你好嗎？」

「至少你的工具，就像這玩意兒，」拿起一支鉗子，他說：「你把它擦得油亮亮地，一點鐵鏽都沒有，它就會乖乖幫你剪斷那些麻煩的鐵釘或電線，而且不會忽然有那麼一天，跑來說最近它打算要出國留學，對吧？」

我噗地一聲就笑出來，這種比較方式可從來沒聽過。阿諺自己也笑了，他說：「當然這比喻是爛了點，不過我要強調的重點就是這麼簡單——善待妳的工具，如此而已。」

點點頭，蹲了下來，我看看擺在牆角那一排的雕刻作品，果然非常抽象，全都是寫意的表現，最左邊的應該是將軍側彎著腰，舉刀過頂的動作。印象中，這種神像雕刻大概都是以關公或什麼托塔天王、三太子之類的，做為雕刻的取材對象，而那些姿勢都很八股，鮮少有肢體動作這麼大的。但是阿諺沒有仔細地雕刻出神像的輪廓或細部，刻意保留下來的線條卻呈現出很強的力道。如果只看教會那個小房間裡的練武僧人，會覺得只是粗具規模的練習品，但這兒一整排都是抽象式的作品，風格就很一致，而且可以感受到他所要傳達的精神。

「這是什麼神的神像？」

「什麼都可以是。」他聳個肩，說重點不在它是什麼神，而是在於它呈現出什麼樣的感覺。

「很用力，非常用力。」

他點頭，從口袋裡拿出一顆水果糖給我：「好聰明，給妳一顆糖果當獎品。」

除了神像，也有一些動物的雕刻，不過一樣沒有細緻的毛皮刻畫，一隻很像豹或老虎的動物雖然根本就稱不上「栩栩如生」，但從那作勢欲撲的姿勢看來，就讓人有種心脈賁張的緊迫感。

「你有沒有參加過什麼木雕展覽之類的比賽？」用手輕觸，木頭的鑿痕很清楚，這應該也是刻意留下來的。

「沒有，也不太想。」他搖頭：「有時候做一件事，要的其實並不是別人的肯定，對不對？」

「是嗎？」

「當然。妳很會彈鋼琴，可是妳平常彈鋼琴的時候，難道是為了讓鄰居們聽到，好讓大家稱讚妳鋼琴彈得好？我想應該不是吧？當妳坐在鋼琴前面，心有所感，將這些感覺化成手指的顫動，讓音符流洩出來時，其實只是為了抒發自己的感覺，藉此得到滿足或成就而已，跟任何人都沒有絕對的關係，對吧？」見我點頭，他也點點頭，又說：「所以囉，我做雕刻或木工也一樣。一件參賽作品能否得獎，那要看評審的眼光跟標準，成敗是操縱在別人手上的。如果我想參賽，就得照著規則，投評審之所好，如此他們才有可能把分數給我，但相對地，我也可能因為這樣，就扭曲了自己創作一件作品時的原意，甚至委屈自己的想法。如果這麼做的目的，只是為了得到一個獎，那我認為很不值得。」

「但也許這個獎很有象徵地位或利益價值？比如它可能可以讓你聲名大噪，或者贏得很多獎金？搞不好拿到一個什麼獎，你就從此變成大師了？」

「大師也要吃飯、拉屎跟睡覺，那跟我現在的樣子有何差別？」他聽得哈哈大笑。

「對對，說得有道理，就算你現在是個大師了，女朋友一樣人在德國，也不會馬上飛回來跟你結婚。」然後換我說了一句，結果他的笑容就瞬間崩解了。

✤你可以不必當什麼雕刻大師，反正至少現在我在你身邊。

17

當然不是一開始就學習那麼高深的雕刻技術，時間剛中午，天氣正熱，我們坐在板凳上，就著方桌，先從畫一張簡單的設計圖開始。阿諺問我想做什麼，而這可真是個好問題，其實我今天的目的根本不是想認真地做點什麼，很想跟他說：其實我什麼都不想做，我只想跟你聊天而已。然而這話當然講不出口，於是東張西望一下，最後我發現矮櫃子那邊丟了好幾張沾滿灰塵的唱片，於是靈機一動，我說不如來做個唱片架吧。

「好主意，不會太大，也不會太難。」說著，遞過筆紙，他要我自己先設想一個腦海中的雛型，而我也幾乎是不假思索，直接就畫出一個看起來再簡單不過的兩層式唱片架，不若市面上那種一格格的架子，就很簡單如書報架一樣的東西而已。

「畫立體設計圖的訣竅很簡單，就是認真點，拿尺來畫線，別像傻瓜一樣亂畫。」糾正我歪七扭八的筆觸，他說。

圖畫好後，他挑了一片厚度大約一公分多的大木板，擱在工作檯上，接著又挖出那兩個大箱子裡的法寶，有角尺、水平儀、捲尺，另外也有電動的磨砂機跟修邊機。看來還沒打算開始進行實作。

「我需要用到這些東西嗎？」手動工具都還好，電動的東西每一樣都沉甸甸，我皺眉頭問他。

「做漂亮一點，拿回家以後，妳媽才會稱讚妳呀。」

「問題是我沒打算拿回去，這是要送人的。」

「那就更要注意細部的修飾工作了，如果要拿去送人，也才體面大方。」他依舊堅持。

相拗不過，我只好又乖乖地聽他解釋完那些工具的大致用法，眼見得外頭天氣正熱，連吹進來的海風都熱呼呼的，我紮起頭髮，抖擻精神，按照阿諺講解的操作方式，開始鋸起木板。

「左手別離鋸片太近，這樣很危險。」兩分鐘左右，他給了第一個提醒，我依言而行，挪開了手。

「右手太高了，鋸片跟木板不要超過六十度，再壓低一點。」三分鐘還沒過去，他又給第二個提醒。聽著話，雖然已經腰痠不已，但我還是再壓低身子，繼續咬牙撐住。

「左腳踩牢一點，別讓木板移動，不然很容易鋸歪。」五分鐘後，當他第三次開口說話時，我已經汗流浹背、右手痠軟無力。不過儘管如此，我仍然把鋸子拔了出來，做出非常凶惡的表情，對他說：「囉唆死了，再吵我就把你的頭也鋸下來！」

好不容易，斷斷續續地花了快一個多小時，我才終於鋸完幾片主要的木板，但是右手已經完全舉不起來，脫下棉質手套，我慶幸自己早上出門時還記得要帶小毛巾擦汗，回頭，他老兄卻是好整以暇，坐在床邊吃餅乾，還用幸災樂禍的眼光看著我。

本來想過去抱怨幾句的，結果我剛靠過去，他的手機卻響起。於是順理成章地，我接手了食物，他則拿著電話到外面去講。走出門口時，我聽到他們對話的內容，大抵上都是在講歐洲的事情，想來是他那個叫作阿純的女朋友打來的。

德國哪，誰知道德國長什麼樣子？關於歐洲的一切知識，全部都來自歷史與地理課本，我連台灣都還沒走完一圈，除了之前提到的加拿大之外，老女人也沒什麼出國玩的興致，恐怕以後想去哪裡，大概都得靠自己了。那個女生是因為家裡有錢，才能出國讀書的吧？為什麼大家生下來都是兩手兩腳、一個脖子一顆腦袋，可是卻有那麼多不同的命運呢？她是可以出國留學的女孩子，而我是家裡賣綠豆湯的野丫頭。

不過我也知道，這種比較是毫無意義的，人生來就是如此，計較是計較不完的。嘆口氣，從包包裡拿出阿諺給我的那尊小神像，看了看，我走到小桌前，拿起一把刀尖很細的小雕刻刀，輕輕地在木像上刻了幾下，竟然輕易就刨下一小片木屑，看來這把刀非常鋒銳。觀音的形象在我腦海中隱約浮現，再依循著木像上已經有的輪廓，我小心翼翼、一點一點地刨刻著，想藉由這個反覆的動作，轉移自己的思緒，然而與此同時，阿諺忽然又探頭進來看看，見我有事做，他似乎也不以為意，就轉頭又繼續講電話。

嘿！你今天大老遠從台北跑來，難道是為了講電話嗎？工藝課跟咖啡研習班裡，你都那麼注重學生的安全，為什麼現在卻放任我一個人，拿著如此尖銳的小刀，沒有半點防護措施地就自己玩呢？難道你就那麼放心，認為我不會有什麼意外狀況嗎？不知怎地，我忽然又生起氣來，左手牢牢抓住神像，右手握刀的力道也愈來愈緊，好像每刨出一大片木屑時，就可以把心裡的不滿也挖刨下來似的。

什麼時候你才會注意到我呢？我不是你一般的學生呀！真的，不是那種在課堂上跟你嘻嘻哈哈，下了課就快快樂樂回家，把學校裡的一切都忘光的那種學生呀！所以即使畢業典禮結束了，我還想去咖啡研習班，但天曉得我一向只喝卡布奇諾或焦糖瑪奇朵，根本不敢喝黑咖啡，上次在教會，那一小杯的曼特寧就讓我痛不欲生，晚上睡不著，隔天早上還差點因為賴床而趕不及考試；我為什麼要去那個夏令營？難道我很喜歡小孩子？或者我喜歡彈鋼琴給別人唱歌跳舞？不，一點也不，我當然也是那種彈鋼琴就只是為了讓自己開心的人，就像你只為了自己的興趣而玩木工、做雕刻一樣，其實我們是一樣個性的人，難道你看不出來嗎？再說，我也沒那麼喜歡拿著鋸子或雕刻刀呀，從小到大，我都沒有半點美術天分，就只會鋼琴而已，現在卻大老遠地來到這個偏遠小鎮，在這種大熱天裡鋸了一個多小時的木板，難道是吃飽太閒？當然不！我只是想要有多一點時間、多一點機會，想在成績下來之前，多跟你相處一些罷了，你知道當分發之後，萬一我考上的是偏遠點的學校，那麼可能從此我們就再也沒有見面機會了，這你知道嗎？你知道嗎？我猜你一定不知道，所以才會還站在門口，講電話講得那麼開心。

不知道什麼時候，我的眼淚忽然流了下來，自己完全無法控制，就在淚水浸濕了眼眶、視線模糊的那一剎那，右手的刀鋒忽然一偏，我根本來不及有任何反應，就看見銀亮的刀尖劃過左手的虎口，割出一道傷口，有鮮紅的血立刻迸流出來。而奇怪的是，這當下我完全沒有驚慌，甚至也不覺得疼痛，只有心裡滿滿的都是難過而已。

我只想要你看見我。

包紮好傷口，離開醫院時，天色都還沒暗。阿諺電話還沒講完，又一次探頭時，看見我滿手是血，但神情漠然，他吃了好大一驚，急忙掛斷電話，跑了進來。本來我是不想去醫院的，但他卻很堅持，理由是木工場裡沒有足夠的急救用品，而且那把雕刻刀終究多時沒用，怕上面有細菌，最好還是打一針破傷風。

「不要怕，沒事的，醫院很快就到。」還是一臉的木然，任由阿諺把優碘、紗布通通弄在我的傷口上，先做簡易的止血，然後叫我坐在腳踏車的後座，這次他不像中午時那樣慢慢踩，而是發了瘋般，站起來奮力踩踏，那大概是腳踏車的最極速了吧，拚了命似地衝出海邊的小徑，轉到附近的產業道路。一邊騎，他一邊四處張望，好不容易到了接近市區的地方，才看見路上有輛小貨車經過，阿諺急忙下車，幾乎整個人衝到路中央，將那輛貨車硬生生攔了下來，就在貨車司機要破口大罵前，他滿頭大汗、神色緊張地攀住對方的車門，大叫大嚷地請他載我們去醫院，而我從頭到尾一句話都沒說，就這麼安靜地看著他。

你在為我擔憂嗎？如果是，那是否意味著我在你心裡也具有一定的分量了呢？不知道為什麼，在醫院的急診室，當醫生注射了淺層的麻醉，一針針縫合傷口時，我竟忽然笑了出來。

「妳沒事吧？」見我忽然露出微笑，他面露憂色地問。

「沒事呀，好得很呢。」而我說。

結果他嘆口氣，看看醫生的動作，輕輕搖了搖頭，卻問醫生一句很蠢的話：「除了消炎跟止痛藥，能不能順便開點什麼鎮定劑之類的？她可能受到太大驚嚇，連講話都語無倫次了。」

「你很擔心我嗎？」完成一切處置後離開醫院，多虧好心的貨車司機，他不只載了我們兩個人，連腳踏車都搬上後面的車斗，一路送到醫院來。離開時，阿諺牽著車，我走在一旁，問他。

「妳這樣子任誰都會擔心吧？」

「不是那個誰擔不擔心，我是問你呀，你擔心嗎？」語氣很平靜，我又問了一次。

「當然呀，真笨。」嘆口氣，他說：「妳有沒有綽號？沒有的話，以後我叫妳阿笨好了。」

這次我臉上有著滿足的微笑，因為一道不小心劃出來的傷口，我知道他心裡在乎，還因此得到一個由他起取的綽號，這八針似乎很值得。

一邊走，阿諺還在喃喃自語，說什麼這下可不妙了，第一次帶我來木工場，就讓我受了這麼嚴重的傷，看來得找機會去我家，跟家長好好道歉解釋一番，又自問自答地說：「可是實在沒道理呀，我才走出去講個電話，怎麼就受傷了呢？是我監督不周嗎？不至於吧？怎麼會……」

「誰叫你有女朋友就忘記我了。」插嘴，我揚起下巴，用責怪的口吻控訴。

「沒辦法呀，這也不是我願意的，現在是暑假，又不用上課，她當然隨時都可以打電話來嘛。」

「不管，至少你在當我的家教時，不可以講電話。」我還嘟起嘴巴。

「為什麼？」

為什麼？這是什麼蠢問題？當然是因為我吃醋呀！不過這句話我說不出口，只好「哼」了一聲，說：「因為搞不好下一次，雕刻刀割斷的就是我脖子的動脈了。」

真是來回奔波的一天，我們回到海邊時，天色都快暗了，礙於時間與手上的傷，今天已經不能再繼續學下去，只完成一半的唱片架只好就先放著，他幫我收拾了包包，騎著腳踏車，又載我回竹南市區。

「我下次還要來。」買了車票，在月台候車時，我對阿諺說。

「下次？」他拔高音量：「這次都這樣了，萬一下次真的割斷脖子怎麼辦？」

「如果你依舊自顧自地講電話，害我脖子割斷的話，那也無妨，小事一樁，不必放在心上，你就只要在自己脖子也劃一刀，這樣就算賠償我的損失了。」而我說。

「一起死？」

「就殉情呀，不敢嗎？」

「陪老男人一起死，這樣划算嗎？」

這問題我不答，只給一個曖昧的笑，划算與否與年齡無關，重點是看對象。我用眼神告訴他：如果是你，我非常樂意；而他則用哭笑不得的表情對我說：妳瘋了。

對這整件事，恐怕全世界的人都要不以為然吧？老女人率先發難，說下次見到那個老師，肯定要剝他一層皮；我爸搖搖頭，則說應該把阿諺放到綠豆湯鍋裡去煮；到晚上，我打電話給孟庭，用炫耀的心情跟她訴說始末，她也用不可置信的語氣說：「完了，丁彧，妳真的瘋了。」

如果能夠為了愛而瘋狂，我認為那是非常唯美的一件事，儘管為愛瘋狂的女人通常到最後都沒有好下場。不過我也在想，回台北的火車上，阿諺說起他的愛情，他跟這個他鄉留學的女友之間似乎問題頗多，女方的事業心極重，將來拿到學位回國，想來很難安於只當一個平凡的上班族，搞不好還是要經常到國外出差。他說這女孩非常懂得安排自己，現在人在德國上課，但已經積極在觀察與物色未來的工作，甚至也與理想的公司有了初步接觸，再過不久，回台灣後也許就會立刻投入職場。

「那……至少她已經答應結婚了，總該不會反悔吧？」聽著故事，我在火車上問他。

「不知道，也不敢想太多，」阿諺聳肩，嘆口氣說：「婚事是在她出國之前談的，但是去了一段時間後，眼界開了，心胸也開了，也許想法會有所改變也不一定。」

「嫁給你不代表她不能工作，不是嗎？」

搖搖頭，阿諺沒有繼續談下去。大概是覺得不該跟我說太多這些私人的問題吧，在他眼裡，我們畢竟有著來自年齡差異而產生的思想落差，況且我的社會歷練等於零，也許愛情與麵包之間的道理我還不夠明白，而顯然他也不想拿自己當示範教材。不過我大概可以看出阿諺心裡的矛盾與擔憂，他應該是那種會支持自己心愛的人去做任何事的人，但是如果因為這份支持，而可能導致感情生變的話，那他該怎麼取捨？我想他並沒有答案。

回到台北，轉乘捷運到淡水，天色已經完全暗了，車廂裡有很多乘客，我們走到最前面的車廂才找到座位。列車搖搖晃晃地前進，阿諺忽然說：「不知道為什麼，我真的覺得妳跟那些小女生很不同。」

「因為她們沒有找你殉情嗎？」

「當然不是，阿笨，」他笑了一下，「妳有一種讓我心裡很平靜的感覺，明白這意思嗎？其實我們聊得不多，而且很多事，礙於身分跟年紀，我也不好對妳講，不過就是有那種感覺，跟妳相處時，我覺得內心還挺靜的。」側頭，微笑，聳肩，不置可否，我不知道他這感覺從何而來，但我自己心裡可波濤洶湧得很。

慢慢踱回到家，老女人見我受傷，幾乎沒有昏倒，她揚言要讓阿諺好看，但同時也問我：「那個老師是不是色狼？他把妳拐到海邊的小屋子裡，企圖非禮或強暴妳，兩個人在拉扯中發生扭打，進而他就拿起刀子來把妳割傷？」一邊說，她還一邊比畫起來：「然後妳爆漿了，他嚇到了，只好跟妳道歉，趕緊送醫急救。回來的路上，這個色狼又軟硬兼施，想求妳代為保密，不要抖露出來，是不是這樣？」

我聽得瞠目結舌，傻了好半天，從來不知道這個老女人的想像力如此豐富，居然可以編出一套很合邏輯的劇情來。不過可惜，這一切都與事實相反，真正有不軌之心的人，恐怕其實是我。

「沒關係，妳老實說，說清楚點，然後咱們就報警，把這個人面獸心的傢伙繩之以法！」老女人還沉醉在自己愚蠢的想像世界裡。

「很冒昧，恕我打斷一下……」等她說到一個段落，我舉手想要發言，原本打算解釋清楚的，誰知道我還在想著該怎麼說明才好時，口袋裡的手機突然響起。一接聽，他居然問我能否請家長接電話。

「你等等。」說著，我按下了免持聽筒的功能，正要傳給老女人。

「是不是他？那個狼心狗肺到該被天打雷劈又注定不得好死而且死無葬身之地以後生小孩一定沒屁眼的王八蛋嗎？是他嗎？」老女人完全無視於我的驚訝，一連串髒話連珠價響，我也完全沒機會跟她說這是免持聽筒的狀態，直到相隔幾秒後，聽到阿諺從手機裡吐出戰戰兢兢一聲輕輕的「喂」，老女人這才連忙捂嘴。

我已經不知道該說啥才好了，面對她錯愕到下巴幾乎掉下來的蠢樣，我沉痛萬分地點了點頭，而就看老女人瞬間定回了神，改以非常禮貌又客氣的聲調，說了一句：「噢，李老師嗎？您好，您好，非常不好意思，我剛剛在罵我老公……」

✤媽，別狗腿了，他頂多只能是妳女婿，不會有機會變成妳老公的。

「我有這麼不關心妳嗎？為什麼才短短幾天，整個就豬羊變色了？」隔天中午，綠豆湯還在煮，我家門口傳來叫喚聲，孟庭一臉懊惱，她說前天非常倒楣，跟宗杰兩個人騎機車出門，原本想去金山那一帶看人衝浪的，沒想到還沒離開淡水，就被警察攔下，當場開給宗杰一張無照駕駛的罰單，而且盤查身分，知道他們還未滿十八歲，警察認為未成年男女出遊，肯定是瞞著父母，所以立刻通知家長，請他們到警局把小孩各自領回。昨晚我打給她，原本她也想抱怨一番的，不過當時父母都在旁邊，所以只好按耐下來。

「雖然我還沒有活得很久，不過這堪稱是我十五年來，最倒楣的一天。」孟庭無奈地說。

「換個角度想，至少妳才十五歲，就有過搭乘警車的經驗，這可是旁人望塵莫及的。」

「警車耶！我昨天搭的可是一輛破爛小貨車。

「搞不好再不用多久，妳就看到我搭靈車了。」苦笑著，她自我調侃。昨天下午被逮回家後，孟庭的繼父非常火大，數落了好半天，直說要把這女兒趕出家門，或者乾脆發配邊疆，不准她留在台北念高中，看能否動用一些關係，把人送到屏東之類的地方，也許到鄉下去會好一點，除非這女兒有本事跟椰子樹談戀愛。

這算是哪門子的罵人呢？我哭笑不得。她坐在我房間的地板上，看著那個沾了血跡的木頭神像，問我：「所以妳跟他告白了嗎？」

「還沒，但我很想。」

「昨天那應該是個好機會的。」她側著頭，盯著神像看了許久，又問我如果阿諺真的結婚了，那我怎麼辦？

「還能怎麼辦？青燈禮佛，從此不問紅塵俗事了吧。」於是輪到我苦笑。

「這麼乾脆？那萬一他後來又離婚呢？」

「那我就學武媚娘重出江湖，繼續爭著當皇后囉。」

「媽的妳這蕩婦。」她大笑，把那神像丟還給我，而我則笑著接過。

本來就是這樣呀，我自己很清楚，現在要爭什麼，恐怕都無濟於事，只要阿諺一天不放棄阿純，我就幾乎完全沒機會。不過孟庭則認為愛情是毫無道理可言的，不做一點努力，怎麼知道肯定會失敗？

「我記得妳之前好像沒有那麼支持我。」

「因為我跟宗杰的希望很低呀，所以只好找個更低的，這麼一來，萬一哪天我失敗了，至少還有妳陪我哭。」

「媽的妳這賤人。」於是換我拿枕頭丟她。

氣象報告說最近有個低氣壓在菲律賓一帶生成，或許會演變成颱風，之後的天氣動態很值得觀測。我們家最怕這種天候，不用刮颱風，只要雨下得稍微大一點，當天生意肯定就泡湯了。電視的氣象新聞還在播，老爸已經皺起眉頭，就怕這颱風真的成形，又直撲台灣而來，那可就非常不妙了。

拜手傷之賜，我不用幫忙搬那些裝滿綠豆湯的桶子，老女人改派較輕鬆的任務，只要我幫忙整理免洗杯就好。原本幾十個塑膠免洗杯應該疊成長條狀，全都塞在袋子裡，但食材行的送貨員實在太不小心，搞得散亂不堪，所以我將它們取出來，一一整理，又疊好後才重新裝進袋子，準備晚上要用。

「笑一個吧，妳這臉跟死了老公有什麼差別？」端著桶子過去，老女人朝這邊虛踢一腳。

沒有反應，孟庭回去後，我就開始陷入沉思當中，到底自己還能夠怎麼做？我是不是真的很不能滿足於現狀？看看手上紗布，自己真的失心瘋了嗎？居然會覺得這樣是值得的？好吧，就算我證明了阿諺心裡確實是在乎我的，那又如何？他會不會認為這只是對一個學生的責任，沒有任何其他的特殊意義？但如果這麼簡單而已，怎麼回淡水的捷運上，他又說我給他很不同於其他學生的感覺？來來去去間，我的心情不斷左右搖擺，始終抓不到定向。或許，真該如孟庭回去前說的，不管實際上是怎樣，也不要顧慮太多後果，那些都會讓人卻步裹足，與其自己瞎想，不如坦蕩蕩告白一次，或許就拚一下，搞不好小蝦米就吃掉了大鯨魚。

「我的問題若比起妳，是應該簡單一點，雖然我爸媽不希望我現在交男朋友，而之前宗杰有提過，他父母也希望將來的媳婦能夠是基督徒，但我認為那些都只是外在的限制，只要我們堅持，相信都有獲得成功的機會。」在門口，牽著腳踏車，孟庭說：「妳這邊的話，要考量的就很多了，光是他女朋友的存在，與他現在還是個老師的身分，就足以讓你們分崩離析，真要把事情鬧大，搞不好他還會身敗名裂，這幾點相信他一定會考慮到。」

我點點頭，孟庭想得到，我也想得到，如果真的向他告白，就算也喜歡我，阿諺還是不免得考慮那些問題的影響。

「以前我當然會建議妳別往火坑裡跳，可是現在我卻支持妳，不管怎麼樣，至少要讓他真的明白妳的心意。」騎上腳踏車，離去前，她還看著我的手，說：「這八針別白費了。」

別白費，我也知道，但問題是該怎麼說出口？況且，好不容易我們才能維持聯繫到現在，如果搞砸了，那豈不是什麼都沒有了？這才叫作賠了夫人又折兵吧？怎麼想都是兩難，最後我只能唉聲嘆氣，就像老女人說的，簡直跟死了老公沒差別。

　　颱風還沒形成，不過入夜後的淡水卻下起細雨，客人的數量明顯變少，我爸坐在板凳上發呆，老女人則跟附近賣鹽酥雞的阿婆開扯得正開心，她們甚至約好了，哪天一起放個颱風假，要去什麼美容中心做臉跟全身按摩。我聽得無聊，整個人始終提不起勁，對面多了一輛行動咖啡車，賣咖啡的是個很有書卷氣的年輕老闆，他借來幾本小說，有兩本就在我們這兒，但我也毫無閱讀的興致。

　　「就算死了老公，妳也應該節哀順變，不要擺一張臭臉，客人都被妳嚇跑了。」聊完天後，老女人走到旁邊來，問我到底在悶什麼。

　　「悶一些無解的問題。」嫌她囉嗦，我叫老女人沒事就走開點，最好去路邊招攬一下生意，免得今晚收入太低。白我一眼，無奈地被打發走後，她還真的走到攤子前面去，不過當然沒有去攔下過路的客人，反而又跟另一邊賣蚵仔煎的阿姨聊了起來，我聽到她興高采烈地在說那個全身按摩，如果三人同行，還可以多一點折扣。

　　嘆氣，看著遠遠處的夜景發呆。說真的，那些告白與否，或者成功不成功的問題，想再多也沒用，全都是多餘的，因為去醫院時，阿諺說他應該找個時間，來跟我爸媽解釋與道歉的，這件事他認為自己應該負完全責任。可是昨晚過去了，今天一整天也快過去了，他依舊沒有出現，也沒打電話給我。是忘記了嗎？或者那只是口頭說說而已，他根本沒將這件事放在心上？如果他都沒打來，難道我要先撥過去給他？能說什麼呢？說我要去學木工？這想也知道太牽強，我的手傷至少要休息幾天，當然不能現在去掄刀動槍，那怎麼辦，難道我只能繼續空等？百無聊賴，實在很想自己騎車先回家算了，反正一整晚沒幾個客人，想忙也沒得忙。眼見得已經晚上快十點，路上行人漸少，我正想站起身來，準備先走，結果忽然有部箱型車開到攤子前，一次就下來八九個人，跟著後面還有好幾輛機車，也紛紛在旁邊停下，車上的全都是二十歲上下的年輕男女，每個人看來都很開心，一大夥就這樣簇擁到攤位來，大家都要綠豆湯。

那瞬間我錯愕不已，趕緊跑過去幫忙，老爸笑得嘴都快歪了，急忙就一杯杯地開始舀，舀好了遞過來由我裝蓋、放進袋子裡，然後順便收錢。

「叫那個女人回來幫忙呀！」一手忙腳亂中，我爸忽然發現老女人居然不在身邊，使個眼色對我說，而我也跟著轉頭，正想開口叫人，卻看見老女人聊得正起勁，簡直是笑逐顏開，不過她打屁的對象曾幾何時已經換了人，不是賣蚵仔煎的阿姨，赫然就是露出一臉諂媚模樣，在哈腰陪笑的李政諺。

✤心機重的男人不見得都是壞男人，我認為。

20

那也真是夠絕了，居然懂得用這一招，與其帶著大包小包的禮物來陪罪，不如發動整個教會的青年團契，在聚會活動結束後，整群人帶過來喝綠豆湯，這不但拍了我爸的馬屁，他油嘴滑舌的狗腿功夫更讓老女人服服貼貼。

「他第一句話居然問我是不是丁彧的姊姊，真是有趣哪！」眉開眼笑，老女人摸摸自己的臉頰，自言自語地說：「看樣子是不必去浪費錢美容了。」

「省省吧，與其相信一個外人的馬屁，不如相信自己的女兒，我跟妳說，那肯定只是場面話。」我蹺著二郎腿，坐在門檻上，冷笑地說。

「才不是呢，他表情一點都不像在拍馬屁，非常誠懇，一聽到我是妳媽，整個人還嚇了一大跳。」老女人還在辯解。

「演戲嘛，他是不是跟妳說這絕對不是開玩笑，肯定是肺腑之言？」我想起他那套把戲，不免嗤之以鼻，儘管這把戲其實是挺有效的。

「就算是把戲，老娘也爽啦！」結果惱羞成怒，老女人真的一腳朝我踢過來，當下翻臉：「妳還杵在這裡做什麼？還不給我洗澡睡覺去！下次回來的時候，最好給我做出個像樣的傢俱，我要手工的木製珠寶盒，做不出來妳就給我試試看！」

這次終於不再是搭乘火車，阿諺開了靖哥的車子出來，從淡水出發，過了關渡橋，從沿海公路南下，要往竹南去。路上我問阿諺，這麼聰明的點子是怎麼想出來的。

「這不難呀，要討好一個人可以有很多辦法，但不見得每一招都有效，所以有時候得反過來想，不要去思考自己能用什麼方式，而是從對方的觀點來看，看對方最想要的是什麼，這樣就可以八九不離十，揣測到對方真正所需，進而投其所好。」

「我看不出來你原來有這麼聰明。」我苦笑。

「這不是聰明，這叫機伶。」

「狗屁，那你倒是從我的觀點也來猜猜看，看我現在最需要的是什麼。」

「零用錢？」他不假思索。

「無能，再猜。」

「理想的好學校？」

「雞婆，再猜。」

「一隻沒受傷的左手？」

「你信不信待會我會割你脖子？」我開始瞪他。

「那沒轍了，給個標準答案吧？」哭喪著臉，他問我。

「剛好我現在不想告訴你。」哈哈大笑了一陣，我才說：「反正我說也沒用，你現在又不會幫我實現。」

「是能有多困難？妳說說看，搞不好我就給妳辦到了。」也賭氣，他嗆了回來。

「你辦得到，一定辦得到，不過不是現在。」露出神祕的微笑，我說。

於是一路上，他始終不肯放棄，很好奇究竟什麼是我此刻最渴望的，但是非常堅持地，我打死不肯透露。說了又怎樣？會實現嗎？我現在最想要的是他知道我一年前就喜歡他，而這快一個月來，我發現這種喜歡愈來愈強烈，甚至幾乎可以很肯定地說那就是愛情了。但他能怎樣？能說一句「我愛妳」嗎？重新又回到木工場，面對上次匆忙離去後，搞得滿地凌亂，那些他極其珍重，卻根本來不及收拾的工具，看著他急忙開始整理跟收拾，我知道我的期望是不可能實現的，至少現在不可能。

「妳在幹嘛？」把工具收好，一一排列整齊地放在木桌上，我看著它們又出神。阿諺拿起掃把掃地，掃到我旁邊時，他開口問。

「在思考。」

「思考什麼？」

「思考著該用哪一樣工具當武器，好給你必殺的一擊。」

「喔」了一聲，他低著頭，讓了開去，居然還叫我慢慢想，不急，沒關係。我也知道不急，因為這次來竹南，我們不必再趕著當天回去。這個非常懂得甜言蜜語的傢伙，哄得老女人心花怒放之餘，竟然叫自己女兒回家收拾衣服，到這兒來閉關修練幾天，務必要學點什麼本事才可以回家。所以我出門時多帶了一套衣服，想要晚上換洗。然而一到工場，我才又突然醒悟那是白帶了，這兒哪有可以盥洗的地方？之前趕著出門，根本忘了這許多。

昨天晚上收拾東西時，老女人踅進了我房間，看著滿床衣服，她先是顧左右而言其他，問我怎麼要來學木工，卻不準備那種不怕弄髒的牛仔褲或舊衣服，反而帶了小洋裝。

「海邊熱呀，穿太多不透氣的衣服可能會中暑。」我說。

「這樣呀，嗯，也是很有道理啦，不過好像不太能讓人信服耶，怎麼辦呢？」拿起小洋裝，她唉聲嘆氣地說：「可是這布料也太少又太合身了吧？姑且不論妳的大腿那麼粗，整條腿露出來並不好看，光是能否套得進去，只怕都是問題喔？」

這話一說，我立刻停下動作，滿臉殺氣地瞪著她，還叫她把話說清楚。

「說得很清楚了呀，就這麼簡單嘛。」她還故作無事地聳聳肩，但表情卻欠揍到了極點。

「少在那邊裝腔作勢，妳到底想講什麼？」把洋裝搶回來，塞進包包裡，我就是打算露出大腿去色誘李政諺，那又怎樣！

「我只是想跟妳說，那個差別實在太大了啦。」她不懷好意地笑笑，說：「本來還跟死了老公一樣的，看到某人一來，簡直就像久旱逢甘霖似的，有沒有這麼明顯呢？」此言一出，我立刻傻住，怎麼，我有這麼輕易被看穿嗎？

「我說丁小姐呀，咱們認識多久了？包括帶球走的那九個多月，加起來只怕快十六年了吧？妳褲子還沒脫，我就猜得到妳要大便或小便了，這點變化我會看不出來？」她嘿嘿笑著，壓低音量，問我：「咱們也別耍心機了，妳就老老實實一句話，是，或不是？乾乾脆脆的好不好？」

「好是好，但妳要先說，是或不是又怎樣？」我心頭一凜，也立刻築起一道牆。不過這道牆還沒來得及打樁奠基，馬上就被老女人打塌，一聽我這樣講，她立刻得意地擊掌大笑，站起身來，就要走出去，我緊張得趕緊拉住她，要問個清楚的條件。

「沒有條件呀，還需要什麼條件？瞧妳這反應，不必親口招認，我就知道答案了嘛。」輕蔑到極點，她笑聲不絕地走了出去，留下懊惱無限的我。

「妳還沒想好嗎？」不知何時，已經掃完地的阿諺又走過來，叫醒已經看著工具看到睡著的我。「挑把凶器而已，有這麼難？」

「難的不是應該用什麼來殺你，我知道就算只用一根螺絲起子，你也會兩手一攤，讓我白白捅死，真正困擾我的，是在殺人之後，我該用什麼方式或工具自殺，才能避免過度的痛苦。」

「這麼想殉情嗎？」

「不殉情也可以呀，你說你愛我，我就饒你一命。」然後我就說了。

✤死，或者愛我。這是我想得到的最好告白台詞。

先在紙板上畫出一個簡單的輪廓，然後在木板上固定住，接著用旋轉鋸，沿著線條，慢慢地鋸出形狀，這種有弧度的線條並不好鋸，一不小心可能就會偏差，甚至弄斷鋸片。鋸好後，先用顆粒較粗的砂紙將表面磨平，再處理細部。在那些角邊處，阿諺用砂紙包在小木條上，讓我方便施力。打磨也完成後，他用小電鑽鑽孔，套上鐵線，就成了一個頗富創意的手工衣架。

「瞧，很簡單吧？」他開心地對我說：「恭喜妳完成了人生中的第一件創意木工作品。」

「是很不賴，不過我好奇的是，如果我衣櫃裡所有的衣服都要改用這種衣架，那要做到什麼時候才做得完。」

那個小衣架可不是這樣就完工，阿諺說這木頭衣架只有線條特別而已，整體而言太過單調，應該要學著上漆，做不同的顏色或圖案。當下我立刻搖頭，誰有那個閒工夫花兩天時間做衣架呀！要上漆的話，等我拿回去送給老女人，愛塗什麼顏色，讓她自己去慢慢塗吧，我是來學木工，不是來學油漆工的！

小衣架完成後，我對木工用具的熟悉度提升了不少，休息幾分鐘，喝了飲料，阿諺又拿過來一片木板，第二個要學著做的，是一個鑰匙吊掛架。

「你不是應該教我雕刻嗎？為什麼還要做這種小家具？」我問。

「別急，這些東西一來比較實用，二來可以讓妳練習使用工具，多做幾樣比較好。」他又拿來筆跟紙，先讓我憑想像畫出一個底座的輪廓，再一樣貼到木板上，然後鋸出來。選了個既像貓又像狗的圖案，這次木板比較大，所以用到兩種不同的鋸子。至於鑰匙掛鉤，他教我使用了鑿孔的工具，然後又是打磨，接著使用樹脂，將小木條一一穿黏進去。又花了一陣工夫，雖然不太細緻，但總算順利完成，而時間居然也已經過了中午。

趁著他出去張羅午餐時，我把上次沒完成的唱片架也一併做好，在熟悉了工具後，果然作業迅速不少，完成後，心裡有很大的成就感。如果要當作給老女人的禮物，這三樣作品也綽綽有餘了吧？

休息時，我一個人坐在木工場的門口，望著不遠處的海岸線發呆。這兒其實很不錯，視野寬廣，橫亙在工場與海水之間的，是一片綿綿細沙。只可惜海水有點暗沉，沙子顏色也不太好看。不過好處是非常安靜，幾乎完全沒有人煙，工具的聲響再大都不怕打擾別人，難怪阿諺的木工師傅會選擇在這裡創作。早上剛來時，我問起阿諺，如果要挑一個海邊的隱居之處，這兒難道不行嗎？而他搖頭，問我去過花蓮或綠島沒有。他說：「曾經滄海難為水，如果妳看過那樣湛藍的天空與海，妳就知道了。」

或許吧，我還沒有機會去看看，但相信總會有那麼一天。望著遠方的海，我又想起早上跟他的對話。

「這算是讓我選擇嗎？」

「是呀，說愛我跟被捅死，二選一。如何，我算是非常民主吧？至少給你兩條路選。」早上，我抓起鋸子，惡狠狠地說。

「媽的，」非常無奈，他只好選擇低頭，說了讓我非常滿意的三個字：「我愛妳。」

雖然看似是在威逼之下才說出來的，但我總不可能真的動手殺人呀，所以還是戲謔意味較多。而我在想，他會這麼配合地說這三個字，當然是因為他也只把這件事當成玩笑而已。所以早上的那份喜悅沒有維持多久，畢竟這一切，我們誰都不曾當真過。

但天知道，我多麼希望那是真實的。為什麼孟庭跟宗杰就可以大大方方地承認喜歡彼此，就這樣談起戀愛，而我卻遲遲不敢開口呢？惆悵著，在門口遙望著海邊，我只能無奈興嘆。

很簡單的午餐，不過就是便當而已，但是阿諺很貼心，特地買了飲料，而且是我愛喝的思樂冰。不在工場裡用餐，提著食物，走向附近的步道，就在小涼亭邊坐下。阿諺問起我的手傷。

「還好，不要太用力就好。」我點頭，吃了一口雞腿。

「有按時吃藥嗎？」他又問，而我還是點頭。

「最近手受傷，應該不能練琴了吧？」一樣，我維持相同動作。

「考試成績還沒出來，但應該有選定目標的學校了吧？」這問題也是，我完全不用停止點頭動作。

「再點下去，妳的脖子就要扭到了。」然後他就笑了。

我說這也沒辦法，嘴裡正在咀嚼時，他問這些問題，那我能怎麼回答？再說，反正答案都一樣，就一直點頭就好了呀。

「妳好像做人還挺隨性的，對不對？」阿諺今天的話很多，他又停下筷子，問我：「只是感覺啦，好像只要是感覺對了，那就去做了。」

稍微把眼睛睜大一點點，我露出一個自以為淘氣的笑容，這也算是回答吧？結果他看不懂，居然問我為什麼要裝鬼臉。

「什麼鬼臉！不用台詞，我這演的可是內心戲耶！」吞下食物，我瞪他：「而且這個暑假那麼尷尬，做什麼都不太對，我很想換個補習班去學英文，可是距離放榜的時間很近，也不曉得之後還會不會留在台北；想去旅行，我老爸不同意，說什麼一個女孩子出門太危險；去考鋼琴檢定，又沒多少時間可以練習，如果不是這兩天來竹南，我也一樣要在家裡幫忙做生意。你說我還能安排什麼？當然只好抓緊那些剩餘的零碎時間，去做一些自己想做的呀。所以這不是隨性，只是沒得選擇。」

「其他人也這樣嗎？我說的是孟庭她們。」

「大家都差不多呀。」舉起筷子，要扒下一口飯之前，我橫他一眼，又補了一句：「你脫離國中生活太遠，不會明白的啦！」

笑著接受我的調侃，阿諺沒有辯駁，或許也覺得這是事實吧，他便當吃得很快，收拾好飯盒，喝著礦泉水，問我未來的志向。

「理想狀況下，當然是考個高中，不用太好也沒關係，我討厭明星學校的課業壓力。反正北部的高中那麼多，隨便考都可以撈到一間。」索性停止吃飯，我忽然覺得能這樣聊天也不賴，「之後看能不能考上大學，我想選擇大眾傳播或新聞系之類的，以後找工作比較方便，而且接近自己的興趣。當然大學可能就會離開台北，不過最好也別到太遠的地方，畢竟中南部的夏天很熱，我不想曬成黑人。」

「然後呢？想考研究所嗎？」聽得興味盎然，他又問。

「那就再說囉。」我聳肩說研究所考不考無所謂，因為學到一技之長，或者考到證照，應該就找得到工作了，學歷不必非得追逐到那麼高不可。

「可是大眾傳播或新聞系畢業後，工作壓力都不小，到時候就不能像現在這樣，與天地為伍，自由自在地坐在海邊吃飯了喔。」

「我老爸曾說過一句很重要的話，『自由不能當飯吃』。」看看周遭，天很藍，海平面遠方的天上有幾縷白雲，雖然炎熱，但偶爾有風吹過，這裡的海岸景致跟淡水差很多，沒有多餘的人工雕琢，就是純粹的自然與放鬆。

「看不出來，妳居然是個很實際的人。」他說：「那麼，請問一下，按照這樣的人生規畫，妳打算什麼時候結婚？挑個怎樣的對象？有沒有打算要小孩子？婚後會不會繼續工作，或者就專心當個家庭主婦？」

「結婚嘛，盡量別太晚，最好可以趕在三十歲之前，能夠廿五就結婚是最好。」這麼說，是因為十年後，當我廿五歲時，阿諺也才三十五而已，還是適婚年齡。不過我當然不會告訴他，這是我貼心的設想。「小孩可有可無，看我老公喜不喜歡；婚後要不要繼續工作也無所謂，如果我老公喜歡每天下班回家就有剛煮好的晚餐，還外帶一鍋綠豆湯，這我也非常樂意。」

「能娶到妳的男人應該會很幸福。」他點點頭。

「所以你可以考慮一下，不過欲購請從速，因為數量非常有限。」於是我說，而且非常期待他的反應。

「妳這算是在跟我求婚嗎？」哈哈大笑中，他問我。

「怎樣，娶我呀，不敢喔？」於是我決定豁出去，就拚了吧！

「好呀，如果我真的很不幸，跟女朋友結不成婚，那就提著兩隻火雞去妳家提親吧！」而他居然還在笑。

「明智的選擇，娶我至少有個好處，」很驕傲地，我說：「你這輩子喝綠豆湯都不再需要花錢了。」

我是認真的，我是認真的，我是認真的，我是認真的……

那一晚，安靜地躺在小木床上，棉被有些微的霉潮氣味，我只蓋到胸口高，不敢再更靠近鼻子，就這樣端端正正地躺著。辛苦一天後卻沒能洗澡的感覺，這是第一次體驗，我全身都黏黏的，即使到附近加油站的廁所去洗過臉、擦拭過身體，也換了衣服，但還是比不上痛快洗個澡舒服。不過這些我並不介意，因為躺在這兒，把室內唯一一盞檯燈也熄滅後，就只剩下窗外透進來的月光，淡淡的藍白色光芒，映在狹小的空間裡。小床很小，所以只睡了我一個人，阿諺多帶來一條毛毯，靠著床邊，睡在地上。

「妳爸媽是不是錯以為我們所謂的木工場是個非常寬大的地方，有衛浴設備，有乾淨的臥室，搞不好還有冷氣跟電視，一切都非常舒適，所以才會答應讓妳來？」還沒睡著，可能他也跟我一樣，旁邊有人時就特別難入睡。

「有可能，說不定還以為會有客房服務。」我笑了一下。

「這是第一次有人陪我在這裡過夜，以前都只有我一個。」他說。

「為什麼？」一起躺著，各自望著天花板，我問。

「這年頭，沒什麼人願意學木工或木雕了，學徒很難找，大部分人嘗試過幾次後，通常就會打退堂鼓，所以學生頂多白天來學學，傍晚不到就想走了。以前跟我老師學的時候，一起的還有幾個人，但是過不了半年就全都跑光光，剩我一個，而且他們也沒有人想住在這裡。至於其他人呢，我女朋友可不會願意在這個沒有電腦、沒有網路，甚至也沒有電視的地方窩太久，況且這兒也沒得洗澡，而且晚上八點左右就無聊到發慌，除了睡覺，完全無事可做。」

「可以到海邊去走走呀。」我說的正是我現在的想法，這時間還太早，真的睡不著。

「腳會踩到沙子，回來又沒得洗，她不喜歡呀。」

「嗯」了一聲，過了半晌，我問他這種相處模式會不會衝突很多，感覺他跟阿純是完全不同個性的人。

「男女朋友相處一定會有摩擦，每個人都來自不同的成長環境，本來個性就不會一樣。學習如何相處，不也是戀愛的一種樂趣?問題是遇到問題時，能不能解決而已。」

「那要是真的處不來，怎麼辦?」

「不怎麼辦呀，糗大了而已。」他笑了出來，而我也笑了。

稍早在加油站洗過臉，到便利商店採買食物時，我聽到他在講電話，兩個人似乎有諸多齟齬，女生好像在國外遇到一些生活上的難題，阿諺極力想幫忙，無奈鞭長莫及，而且不在局中，也提不出什麼具體的建議，兩個人因此起了口角，阿純抱怨男友幫不上忙，阿諺則認為女生有點歇斯底里，甚至遷怒無辜。

對那場爭執，我沒有過問，見我走近，他也讓到一旁，想來覺得讓我聽到這些並不好吧，草草結束通話後，在回來海邊的路上，他都不怎麼講話，整個人顯得意興闌珊。我很努力地說些孟庭她們的趣事，才讓他稍微恢復一點精神。

還不到十點，室內悶熱異常，棉被上的霉味又陣陣襲來，我真的毫無睡意，最後只好偷溜下床，小心翼翼地跨過已經鼾聲連連的阿諺，輕輕打開木門。外頭有涼爽的風，清新不少，而且這時間暑意全消，正是明月高懸、夏夜晚涼的好氣氛。也不知道是打哪來的勇氣，我居然邁開腳步，一個人踩著沙灘，朝著海邊走去，管他踩到沙子後沒得洗會有多麼不舒服，我們在淡水的海邊不也經常去玩水？誰又怕過它有多髒？

應該是退潮時候，海岸線有點遠，清風涼涼，海水卻還微溫。我踩了幾步，不敢踏得太深，只讓水淹到腳踝。心情很好，正想哼幾句歌，卻聽見遠遠處阿諺驚慌地叫喚我。

「這附近雖然有海巡署的哨站，外面的小路也有警車巡邏，但畢竟是荒郊野外，具有一定的危險性哪。」氣急敗壞，而且跑得牛喘吁吁，他臉上的緊張擔憂還多過於生氣。

「這裡視野很好，如果有壞人靠近，我可以很快看到，就能馬上逃跑呀。」

「妳跑得很快嗎？」他一抬腳，我立刻閃開，拔腿就跑，而他也跟著追上來。這片沙灘到底有多長呢？我跑了好遠，但還看不見盡頭，倒是後面傳來阿諺求饒的聲音。他在找到我之前已經跑了好一段路，現在又一陣折騰，早已筋疲力盡。

「所以，如果遇到壞人，真正有危險的應該是你。」看著彎下腰還大口喘息的阿諺，我嘲笑地說：「不過你放心，有我在，我會保護你。」

既然都睡意全消了，當然就慢慢地再走一段路，反正我們也累了，一路踩著沙灘回去，根本是拖著腳步在前進。

「這種感覺還不賴，」我忽然笑出來：「一個人的夏令營。」

「可苦了我。」他卻嘆氣，揉揉痠痲的大腿，阿諺說：「那些愛情故事裡的畫面其實都是騙人的，沙灘上怎麼跑呀，很累耶。」

「浪漫點，你這輩子不會有幾次機會跟女孩子在海邊追逐的。」而我說。

「妳算女孩子嗎？妳是阿笨耶。」

「至少我沒有丟下你一個人，自己跑去德國，也沒有打電話跟你吵吵鬧鬧，對吧？」我說，而他愣然。

沒開口，停下腳步的兩個人站在海邊，月正當空，非常適合上演八流愛情故事的場景裡，我看著阿諺，「而且我很好心，承諾只要你願意娶我，我就給你喝一輩子的綠豆湯，對吧？」

「所以？」有點戰戰兢兢，他像是快要明白什麼了似的。

「所以當你問我現在最想要什麼時，我說那是個你暫時給不起的東西。」鼓起勇氣，一講完，快步從他旁邊走過去，背對著時，我輕輕地說了一句：「我想要你喜歡我，像我喜歡你一樣就好。」

✤ 我想要你喜歡我，像我喜歡你一樣，這就好。

蟬聲唧唧於鹽分隱約在空氣中的西濱岸際時，好夢也正甜。
親愛的，且借你掌心與我，子夜裡誰不孤寂？
黎明後或者世界便停了輪轉，但至少掌心餘溫還記得。

我可以捨得千里遠遠，從此一別，
只願繁星又點點時，你會想起那好久前的曾經。

牧師娘還是一樣，臉上沒有太多表情，很沉著穩重的一個人，但談話中聽得出她的溫暖與懇切，拍拍我肩膀，寒暄時，她自有一種難以解釋的魅力，讓人想與她親近。星期天的早上，跟孟庭、阿符一起來做禮拜，在聚會中，牧師向大家介紹，說我們雖然還是第一次來禮拜上帝，但之前已經在這兒的夏令營服務過，結果禮拜結束時，有一堆家長紛紛過來招呼，感謝我們那一週的辛苦，還有那一群過來寒暄的青年團契，他們都去喝過綠豆湯，讓一堆人簇擁著，害我跟孟庭當場覺得很不好意思。

「結果他完全沒有任何表示？」禮拜結束後，在教會後面一個小籃球場旁的樹下坐著，孟庭問我。

「不但沒有，而且第二天回家後，一直到現在，他都沒打電話給我。」懊惱著，我說。

「那就糗了。」皺起眉頭，孟庭問我接下來有何打算。

「誰知道。」

是真的不知道。那天晚上，我敢肯定阿諺一定有聽到我說的話，就算講得很小聲，就算海浪跟風聲不絕，但彼此距離很近，他不可能聽不見。可是既然聽見了，為什麼當下卻沒有任何反應呢？回到木工場，又躺回床上，兩個人幾乎都沒開口。躺到凌晨，雖然門沒有緊閉，空氣流通很多，但我還是睡不著，只不過這次卻是因為自己內心裡不斷翻湧的情緒使然。

沒再聽見他打呼，也不曉得他是否已經睡著。過了良久，我稍微側頭，阿諺閉著眼睛，正面向我，從緩慢而沉穩的鼻息可以確定他已經睡著。稍微抬起一點點身子，阿諺的手伸在毯子外面，五指呈現自然的微微彎曲。我從沒握過他的手，那是什麼樣的感覺呢？忽然，我好羡慕阿純，她應該很清楚那是什麼樣的溫度與觸感，但可惜，與其留在台灣握住這樣的手，她卻寧可選擇到遙遠的異鄉追逐自己的夢想。

於是我小心翼翼地把自己的手伸了出去，與阿諺的手指指尖輕輕相碰，見他沒有反應，慢慢地，再更大膽一點，緩緩輕貼在他手掌上。可能因為接觸面積太小，我根本感覺不到他的掌心究竟厚度或溫度是如何，可是真要再用力一點，我卻又不敢。就這麼碰著，大約過了一陣子，唯恐被發現的我，正準備將手抽回來時，不料他卻咂了一下嘴角，悶哼一聲，然後手掌張開，跟著就把我的手給握住了。

嘿，你知道這是誰的手掌嗎？不是你女朋友喔，這是我，丁彧喔！你也許握錯人了吧？或者，你也正夢見我呢？我睜著眼，就這樣看著熟睡中的阿諺，看了好久、好久，明知道他此刻是沒有清楚意識的，但仍然想像著，如果他很清醒，也知道握著的是誰的手，然後還有這樣沉穩的感覺，那該有多好？我知道自己不能奢求太多，喜歡一個人是幸福的事，至少心裡有了依託與交付的對象，但如果過度勉強對方來喜歡自己，那麼，這份單純的喜悅很快就會變質，不但會讓自己變得痛苦，甚至也會影響別人的生活。所以我最後還是輕輕地把手伸了回來，但眼睛依舊盯著他的臉。這樣就好，如果你還沒把握，也還沒膽子來面對我，那麼，沒關係，我可以先這樣，安靜地在一旁看著你，就像過去在學校的那一年，這樣就好。

我試圖追求一個自己內心裡的平衡與平靜，即使老女人在收到那幾樣手工家具時冷嘲熱諷個沒完，說我去了竹南兩天一夜，怎麼帶回來的卻只有衣架、鑰匙掛座跟唱片架。看來孤男寡女共處一室，可能已經大勢不妙，不知道會不會過陣子我肚子就大了起來。我可以完全不理會她的囉唆，也可以把門關起來，對她企圖探聽八卦的多餘關心視而不見，卻很難說服自己，讓心情就此不受影響。最後，只好打通電話給孟庭，反正自從雙方家長開始反對他們的愛情後，孟庭的心情也跟著沒好過，既然如此，不如我們去一個可以讓心情變好的地方吧。

「妳真的覺得心情有比較好了嗎？」禮拜結束後，在樹下，看著逐漸散去的人群，她問我。

「還好耶，其實。」

「我也是。」嘆口氣，孟庭問我，會不會是因為我們沒有受洗，不算真正的基督徒，所以沒有接受上帝眷顧的優惠資格。

「應該沒有這麼糟糕才對，受洗的意義不像佛教的皈依。受洗所代表的，其實是你有一個機會，很正式地在眾人面前，大方地承認跟宣告，從此你只相信這個神。」這些是阿諺告訴我的，於是我也照本宣科地告訴孟庭。而說到阿諺，今天我在教會，只有早上剛來時，極短暫的時間裡，看到他在幫忙指揮交通，引導大家停車而已，後來他就不見人影了。那時我沒跟他打招呼，但牧師向眾人介紹我與孟庭時，如果他在現場，應該就會看到我才對。可是直到禮拜結束，我們都坐在這裡好一陣子了，他還是沒有出現，是因為不想跟我照面呢？還是禮拜時他根本不在教堂內？

孟庭說她那邊的狀況很不好，自從上次跟宗杰無照駕駛被逮到之後，她老爸開始了嚴密監控，基本上，除了我們這幾個熟人，誰都不能約她出去，而且就算出去了，也要定時電話回報去向，這種日子持續好幾天，已經快把她逼瘋了。今天我們也不敢說是要來教會，因為孟庭的家人都知道她跟宗杰就是在這裡認識的，所以我們還鬼扯說要去台北市區逛街。剛剛做禮拜時，孟庭跟宗杰不斷遙遙對望、眼神交會，我也看得出來他們愛得很辛苦。

而今天除了出來求個心安，順便讓他們稍微碰個面，一解相思之苦外，當然也是來聽彼此抱怨近況的，所以我講完後，接著就換她吐苦水，只是我一邊聽，眼睛也一邊往教會那邊看過去。教會的停車場回來了幾輛機車，全都是一些年輕人，我認得那些都是青年團契的人。禮拜不是結束了嗎？怎麼大家離去後，現在又紛紛回來了呢？

「真好，有觀眾耶！」走過來的是一個我叫不出名字的長頭髮男生，但隱約認得長相。他充滿好奇地問我們是不是要觀戰。

「觀戰？」我愣了一下。

「是呀，等一下我們要打籃球，三對三，總共四隊，今天的賭注很不賴，第一名有十箱飲料呢！」長髮男生很興奮地說：「妳們要支持哪一隊？」

錯愕不已，我們可完全不知道這個消息，當然更不曉得是哪些人要分成四隊，所以完全接不上話，就在大眼瞪小眼的這當下，只見靖哥一臉不悅地走過來，開口就問大家：「他媽的李政諺呢？回來了沒有？」眼見眾人紛紛搖頭，他居然低聲罵了一句髒話，接著，看到我跟孟庭也在，於是乾脆問我們。而面面相覷了一下，我們也搞不清楚狀況。

「按照慣例，一個月辦一次，就一群人吃飽撐著沒事幹，打打籃球，也算是推廣體育，提倡運動精神吧。結果玩著玩著，大家覺得輸贏沒有獎品不好玩，所以從青年團契的經費裡提撥一點來買獎品，也接受大家的捐獻，後來就變成了今天這樣子，搞得跟賭博一樣。」靖哥說明了比賽的用意，雖然對下注賭博的行為有點不能苟同，但也問我們要賭哪一隊贏。

「不賭，反正宗杰去打工了，他沒下場，誰輸誰贏我都不在乎。」孟庭先說。於是我接著問阿諺會不會下場，如果會，那我就賭他那隊會贏。

「阿諺？省省吧！」靖哥不屑地冷笑，「八百年前就跟他說過，今天有比賽，記得帶球來，結果他又忘了。禮拜還沒開始，就匆匆忙忙跑回去拿球，到現在都還沒回來，天知道他是拿球拿到哪裡去了。這種連腦袋都可能會忘記放哪裡的人，妳確定妳要賭他贏？」

從包包裡掏出皮夾，裡面只有一張五百元的鈔票，那是我這星期的零用錢，把錢遞給靖哥，我很篤定地說：「我賭五百，他那一隊一定會贏。而且你可以放心，他只是比較笨一點，但我相信，他是絕對不會迷路的。」

「我認識他已經整整二十五年，這臭小子搞不好現在還在哪個十字路口，哭著找不到回來的路呢！時間剩下不多，比賽馬上就要開打，妳這麼確定他會準時回來？」靖哥冷冷一笑。

「當然，因為他就在那裡。」很得意地笑著，我下巴一努，阿諺的手上抱著一顆籃球，早已經站在靖哥的背後了。

✤我相信你。

24

自從上了國三之後，我幾乎沒再碰過體育活動，難得看人家打球，我們都覺得頗為有趣，更何況球場上有自己喜歡的人，當然要特別賣力地加油。不過我們的加油聲卻不見得對比賽結果起得了什麼作用，比賽採單淘汰制，輸了就沒了，所以如果想贏得冠軍，就得要連贏兩支隊伍才行。前面兩隊都是不熟的人，輸贏對我無所謂，第二場才是重點。阿諺跟那個長髮男生，以及另一個高個子是一隊，另一隊則由靖哥率領。比賽只打半場，哪一隊先進六球就算贏，所以賽程時間非常短。比賽開始前，阿諺走到我旁邊來，他本來似乎想說點什麼，但可能也沒想到我會在，更沒想到我會拿錢下注，正在思索著該如何開口時，我先給了他一個鼓勵的笑容，叫他專心打球，什麼話等比完再說。

「妳覺得他那隊會贏嗎？」孟庭問我。

「不會。」我回答。

「既然不會，那妳還賭？」

「全世界都可以不看好他，只有我不行，妳知道的，對吧？」而我說。

兩隊一跳球，靖哥壯碩結實的身材立刻奏效，一把搶過，跟著傳出，他那隊有個動作極為靈活的矮個子，幾步而已，就已經切入籃下，虛做跳躍的假動作，卻把球又傳給靖哥，就在阿諺還來不及追上去防守的瞬間，靖哥一個墊步，球已然脫手，就這麼應聲入網。一旦得分，就換對方發球，這邊是長髮男生開球，但才不到幾秒，立刻又被截走，結果輾轉幾下，球還是在靖哥他們手上，又輕易上籃。如此來來回回，靖哥的隊伍幾乎佔盡便宜，轉眼比數已經到了四比〇，我跟孟庭看得直搖頭，可是輸人不輸陣，眼見得身為主日學校長的靖哥有一票國中、國小的小朋友在球場對面大聲吆喝、搖旗吶喊，我們雖然人少，但也不能敗下陣來，把手捧在嘴邊，立刻跟著大叫加油。

「阿諺，踢那個胖子，踢他！踢他！」正在防守靖哥的阿諺為之一愣，當然靖哥臉色更臭，還狠狠瞪了我們一眼。

「跑快點，阿諺！胖子腿短，他追不到你的！」管他眼神有多凶，老娘沒在怕的，我又大喊，這時候靖哥已經沉不住氣了，邁開腳步就想朝我們過來，可是阿諺卻趁機運球，果然甩掉他哥，切到了籃下，很順利地射籃得分，終於打破鴨蛋。球場邊至少圍了三十幾個人，大家紛紛叫好鼓掌。

雙方攻守互換，靖哥接到隊友的傳球，帶到側翼，準備發動攻勢，我跟孟庭又大聲喊叫，要阿諺趕緊守住，孟庭毫不客氣，明明靖哥的背影就在她前面很近的地方，她還大叫：「投降吧！胖子！你投不進的！」那當下靖哥立刻回頭，凶惡地睨著我們，不過這可是千載難逢的好機會，就在他回頭的一瞬間，手上的球已經被阿諺抄走，跟著轉身就往禁區衝，靠著隊友牽制敵人，他很順利地挑籃得分，還造成對方防守的犯規，那個矮個子不但沒守住阿諺，還在他手上拍打了一下，聲音之響亮，全場都聽見了。

「犯規！犯規！」我們立刻又叫，眼看著阿諺的隊伍藉此機會又取得開球權，雖然後來還是被靖哥蓋了個火鍋，但至少士氣提升了不少。

只是雙方的實力終究相差懸殊，雖然很積極搶攻跟防守，但靖哥畢竟技高一籌，他先是助攻又進一球，接著順利攔下阿諺的反攻，還搶到籃板球，再自己投進，只是這最後一球出現了爭議，當他跳躍投籃時，身體與阿諺發生碰撞，球是進了，但兩個人落地時卻不約而同都摔了一跤。

「撞人！球進不算！」孟庭看得義憤填膺，本來我們是坐在地上的，她卻立刻站起來，手指著場內大叫。

「對呀！不算不算！用屁股撞人是犯規的！」我也非常激動，馬上附和。

「媽的妳們兩個是不是故意的！為什麼一直衝著我來？」球場內，靖哥一站起身，火氣再也按耐不住，大踏步就走了過來。

「撞人本來就犯規呀！這一球不算啦！」我昂起頭來，瞪著靖哥，毫不示弱。那邊阿諺也已經起身，趕緊跑過來，想要隔在我們之間，不過靖哥像座塔似的，根本推擠不開，他只能一臉為難。

「妳是不是輸錢不甘願？不甘願的話就把賭金拿回去，不要在這裡搗蛋！」靖哥非常生氣，他轉身就叫場邊計分的人把那五百元賭金拿過來。

「輸個五百又怎樣？我才不看在眼裡，現在就是不爽，怎麼樣！」我沒接過那張鈔票，生氣地轉了身，我拉著孟庭就要走。

「妳不爽關我屁事呀！幹嘛老針對我？」背後靖哥還在火大，一副想要追根究底的樣子。

「針對你不行嗎？沒聽過失戀的人最大嗎？老娘失戀沒人愛，心情爛，看著誰都不爽啦！」

「妳失戀沒人愛又不是我害的！」

他這一吼，忽然讓我原本已經快要失去理智的腦袋為之一靜，當下我轉過身來，一改剛才的火爆，反而是帶著笑臉問他：「害我失戀的人當然不是你，不過卻跟你有關，你說怎麼辦？」

「什麼怎麼辦？」見我忽然怒氣全消，他也呆了一下。

「那個你也認識，而且算是很熟的人居然害我失戀，害我心情不好，所以連你也遭受池魚之殃，這個人是不是很欠揍？我告訴你，讓你去替我擺平，你說好不好？」很大方地說著，我偷瞄阿諺一眼，他滿臉錯愕與訝異，完全沒想到我會這麼說，當下只能用不敢置信的表情看著我們。

「是誰？」靖哥已經握起了拳頭，殺氣十足。

「他。」而我非常乾脆爽快，舉起還包著繃帶跟紗布的左手，比出我的食指，就對準了那個如墜五里霧中，還完全搞不清楚狀況的傻子。

✤不要叫我阿笨，我其實很聰明的。

「我經常覺得很有趣，上帝總在很多人所不經意處，安排一些意想不到的驚奇，而這一切，雖然我們不能預先猜透，但可以相信的是，如此安排，想必上帝都有祂的一番用意。不過說是這麼說，但是聽完這一大段故事，我還是不免要感到驚奇萬分，這實在是太曲折離奇了。」說著，她轉頭詢問正在吧台裡煮咖啡的靖哥：「你說對不對？」

「對個屁。」靖哥沒好氣地回答。他剛剛把一杯焦糖瑪奇朵端過來時，上面原本應該要浮著很漂亮的焦糖勾勒圖案的，但我一看，浮在上頭的，卻是一隻用焦糖修飾醬畫出來的拳頭，而且還比出中指。現在他正在做卡布奇諾，我在等著看他會把原本該有的奶泡拉花變成什麼。

「妳們別見怪，賈御靖這個人平常很好相處的。」女子客氣地一笑，說：「就是脾氣大了點，不過沒關係，當作沒聽見就好。」

「那有什麼問題！」於是我們也笑了，就剩下靖哥一個人在吧台裡吹鬍子瞪眼。

眼前的女子遞給我們一人一張名片，她叫時嘉愉，是教會北區學生中心的負責人，我不知道那個學生中心是做什麼的，不過感覺上頭銜不小。嘉愉姊最近都忙著神學院的實習，接受訓練，所以很少回來，我們也是第一次碰面。她講起話來不慍不火，加上一襲白色連身長裙，給人一種很寧靜而飄逸的感覺。輕啜一口玫瑰茶，嘉愉姊靠在椅背上，端詳了我一會兒，才問我這究竟是怎麼一回事。

能怎麼解釋呢？這要講得清楚，恐怕沒有三天三夜是辦不到的，那些一年多來的來龍去脈，怎麼可能三言兩語就講完？而且我實在很難啟齒，究竟自己是如何以一個國三女學生的身分，去暗戀自己的工藝老師，還千方百計想要接近他，進而得到他。

「用最簡單的方式來解釋，就是她愛他，可是他不知道她愛他，搞半天，他還是完全不清楚她是怎麼愛他的，也不知道她到底愛他有多深。而且最大的問題是，不管他後來會不會也愛上她，他現在就還有另一個論及婚嫁的她。因此她跟他，還有他跟他的她，就形成很難解決的三角問題。」阿符見我不開口，乾脆替我解釋，可是我覺得這個解釋一點都不簡單，甚至連我自己都聽不太懂。

「是這樣嗎？」嘉愉姊轉頭問我。

「如果阿符的邏輯關係是正確的，那應該就沒錯。」我苦笑。

點點頭，嘉愉姊又喝了一口茶，看來也是在整理腦海中的這個是他又是她的關係圖，想了想，她才問我，究竟自己對這樣的情感有多少認知，能不能確定那是一份經過深思熟慮後的感覺。

「我認為是。」我肯定地說。

「先不談論你們的這件事，就年齡來講，十五歲的孩子，思慮上或多或少都會有些欠周全的地方，這個說法妳同意嗎？」她說話時語氣很平和，完全沒有指責的意味，只是純粹在徵詢我的看法。

「不同意。」然而我很篤定地搖頭，說：「別人或別的事情我不知道，但如果妳要說的還是跟我喜歡阿諺的這件事有關的話，那我認為我不能同意，因為在這之前，我確實想了很多，也想了很久，因此，我不認為我有欠周全。」

「嗯，很好的論點。」她滿意地微笑，接著又說：「不過，不管是不是指這件事，但就年齡與思考程度而言，一個十五歲的孩子，受限於生活圈與所經歷的人生還有限，所以顧慮的環節可能較少，也就是說，妳可能認為自己的思慮已經面面俱到，達到一百分的境界，但那只是針對妳的環境而言。然而，妳的環境的複雜度，如果跟其他成年人相比，也許只有別人的八十分。也就是說，即使妳已經滿分，但跟成年人的現實世界相較，終究也不過是人家的八成而已。這樣的說法，妳同意嗎？」

我倒是從來沒想過那麼多，思考了一下，我問嘉愉姊：「所以妳的意思是說，這不完全是思慮多寡的問題，重點是我們本身的眼界範圍，是這樣嗎？」

「妳很聰明。」她有很甜美的笑容。說著，又轉頭問靖哥：「我沒記錯的話，阿諺喜歡姊姊型的女孩子，而且阿純好像跟我們同年，所以是大阿諺一歲，對吧？」

「戀母情結。」靖哥點頭。他說話的口氣充滿不屑，對自己成了弟弟的代罪羔羊一事，看來還頗耿耿於懷，我們見狀都笑了出來。

「好幾年前了，應該是阿諺大二的時候，他在咖啡店認識了阿純，當時阿純是工讀生，在那裡打工。」嘉愉姊以手支頤，一邊想，一邊說，而聽她敘述，我才曉得那個照片裡的女孩的故事。當年阿純在咖啡店裡的行情簡直炙手可熱，多的是對她有好感的客人，不過個性執拗的她雖然平常很好相處，但對感情卻不輕易妥協或將就，所以打工了一年多，她幾乎沒跟任何人有過緋聞，即使跟人在店外的其他地方碰面，也都是一群人聚會，絕不單獨赴約。

至於阿諺，那時候他一天到晚耗在店裡，跟老闆混得很熟，也經常學著烹煮咖啡，久而久之，當然也就逐漸生情，只是這小子沒有告白的膽量，所以拖了很長一段時間，即使全部的人都知道他苦戀阿純，甚至連阿純本人都知道了，他還是不敢開口。

「很像他的個性。」我點點頭。

「不過這故事妳們聽完就算了，可別張揚出去，尤其不能讓阿諺知道是我說的。」她眼神裡露出狡黠的光芒，「但萬一要是洩漏了，也請別把我供出來，要知道，這世界上知道這故事的，除了阿諺他們當事人之外，就只有兩個旁觀者，而且剛好今天都在場。」

眼。

「哈！」我一擊掌，「了解！明白！我知道！」一回頭，結果我們就又被靖哥白了一眼。

嘉愉姊告訴我們，大二那年，阿諺第一次告白，但是下場非常悽慘，女生完全是冷處理，原本有說有笑的關係頓時陷入冰點，她對阿諺原有的熱絡全不見了，有一陣子幾乎到了形同陌路的地步，而遭受此一打擊的阿諺原本也有些受不了，想要放棄這份感情，但是靠著靖哥的一句話，才讓他再接再厲。

「欸，」我回頭，問問那個在吧台裡聽故事的人，「你跟他說了什麼？」

「沒什麼，我只是跟他說，那麼沒種，不如去死一死算了。」他說得毫不在意，但我們又笑成一片。

「不要亂講話，你認真點。」跟著笑夠之後，嘉愉姊才出聲糾正，而靖哥走出吧台，到我們桌邊拉把椅子坐下，他說：「其實也沒說什麼，我是跟他講，先想清楚，想好之後，朝著對的方向去做，這樣就好。至於有沒有結果，或者結果是什麼，上帝自然有安排，人只要對得起自己，勇敢地走自己該走的路，那就夠了。所以他猶豫很久後，又努力去拉近彼此的關係，弄了好一陣子，才敢有第二次告白，結果就他媽的成功了。」

「這是好幾年前的故事了，就當時的情形看來，一切都是完美的。至於以後呢？我們誰也不知道，因為人還活著，所以故事就會繼續下去。」嘉愉姊說：「我們不做對或錯的評斷，因為審判者自有其人，我們只做合情合理的事，只做應該做的事。」

「那麼簡單？」我咋舌，這麼粗淺的道理連我都懂，難道大學時候的阿諺有那麼笨？

「我聽說他們兄弟又鬩牆，而且是為了一個十五歲的小女生，感覺非常納悶，但同時也嗅到一股有趣的味道，所以非常想來認識認識妳。今天跟妳一聊，感覺上還挺投緣的。所以才告訴妳這個故事。」看我點點頭，嘉愉姊拍拍我放在桌上的手背，很溫暖地說：「我不會去干涉妳做什麼樣的判斷，只是想提醒妳，思考沒有絕對的百分之百，所以也不能太過自負，凡事應該想想之後再想想，或許會看到不一樣的世界。至於愛情，我們也不支持或鼓勵，畢竟幸福就像民主政治一樣，都得經過爭取與努力，還要有堅持，才能真正得到。所以，做妳認為合情合理，並且應該做的事，這樣就好了。」

✤沒有一份幸福是憑空從天上掉下來的。

「對妳而言，勇敢追求自己理想中的愛情，那很合情合理，但是對妳爸而言，保護自己才十五歲的女兒，打斷可能誘拐妳的人的腿，這也合情合理。」一邊打怪，在滿畫面血肉模糊的廝殺聲中，老女人輕鬆地說。

「怎麼講的好像妳很無所謂一樣？」

「我要有什麼所謂？只要別哪天妳跑來告訴我，說肚子大起來了，沒錢拿小孩，或者打算生下來要叫我養，除此之外，基本上我都無所謂呀。」老女人說：「很簡單嘛，今天是妳追他，不是他追妳，也就是說，主動權在我們這邊，但決定權則在對方身上。那麼，從年紀來看，他算是夠成熟了，要做什麼決定，他可以憑理智判斷，所以如果夠聰明，他就會拒絕妳，因為與其說是跟十五歲的女生談戀愛，還不如說是在帶小孩；那要是他笨，居然選擇答應，這也無所謂，因為他一定是考慮清楚後才接受的。」

「嗯哼，繼續說。」我很想打她一頓，什麼叫作帶小孩？不過現在我更想聽她說完。

「那話又說回來了，主動權由我們掌握，好處就是今天妳可以追，也可以不追；追到之後，可以努力經營，但也可以在哪天等妳頭腦忽然清醒了，發現自己以前真是瞎了狗眼的時候，就直接跟他說再見。就算過個十年你們才分手，那也無所謂，十年後妳正青春，他卻已經快中年，到時候看誰比較有本錢去找第二春，對不對？所以說呀，我們不吃虧的啦。」

我很佩服她居然可以這麼輕描淡寫，但又盤算得如此深遠，不過與此同時，我也很想問問，她到底知不知道現在談論的可是自己女兒的終身大事，怎麼說得那麼事不關己？

「不過呢，這種事最好別讓妳爸知道，老古板的人通常很難學會變通，要他能夠接受，大概不可能。」她又說。

「為什麼不可能？不過就是年紀有點差距而已，妳跟老爸也差好幾歲。」我說。

「自己的事，跟自己女兒的事，那是完全不同的兩碼子事。」老女人冷笑一聲，說：「這個等妳長大，也生了個女兒之後，就會明白了。」

是這樣子的嗎？我半信半疑。今天傍晚下雨，而且雨勢還不小，他們看了好久的天空，最後決定乾脆休息，免得自找麻煩。趁著老女人解完遊戲副本，正在打怪練功時，我走進小書房，跟她約略說了阿諺的事，反正老女人已經猜到八分，再瞞也瞞不了多久，儘管我不能肯定她會支持或反對，但自己老實地先說出來，這總是不會錯的。而我也知道，跟她說明這件事，其實得不到什麼具體建議，充其量就是先打個照面而已，免得以後東窗事發，又說我什麼都不講。

聊了大概二十分鐘，正當我們結束談話，我推開拉門，要走出去時，卻看見老爸剛好也晃過來，我們幾乎是同時開門。那當下我吃了一驚，心裡有點忐忑，不知道他是否聽見了我們剛剛的談話內容。

「妳二次基測放榜沒有？」擦肩而過時，他忽然回頭問我。

「還沒呀，七月底才會公佈成績，再等幾天吧。」我說。

「這麼慢？」他皺眉。

「大考中心又不是我開的，人家要七月底才公佈成績，我有什麼辦法？」而我聳肩。走出來，往自己房間過去時，我還聽見他對老女人說這丫頭怎麼愈來愈野了，連講話都沒規沒矩的，一定是媽媽自己也沒媽媽的樣子，才會讓小孩變得沒大沒小。

「讓小孩活潑一點有什麼不好？總好過她像你這樣死板板，但是以後只能在路邊賣綠豆湯好吧？」老女人立刻反唇相譏。

「我很死板，跟我在賣綠豆湯有什麼關係？妳幾十歲人了，還像隻潑猴一樣，結果不也是在賣綠豆湯？」結果我老爸也不甘示弱。耳裡是他們夫妻倆鬥嘴的聲音，我苦笑著，自己走了回去。

那天，在教會的籃球場邊，我指著阿諺，告訴大家，就是這個人害我失戀，那當下他的表情一陣青一陣白，完全措手不及，大概根本不知道發生了什麼事，靖哥則簡直氣炸了，他一把扯著自己的兄弟，拉著他就說要進去找牧師娘懺悔，搞得我們都哭笑不得。

那後來呢？後來怎麼樣了？過沒兩天，嘉愉姊打電話來，約我們去靖哥的咖啡店，第一次碰面，聊到後來，我才知道她就是傳說中，那個當年將已經一腳踏進黑道的靖哥給挽救回來，帶到教會去，讓他洗心革面、重新做人的大功臣。嘉愉姊告訴我，教會那件事讓靖哥非常不高興，下令不准弟弟出門，所以阿諺這幾天應該都關在家裡自我反省。我聽得好笑，但也覺得有點抱歉，因為阿諺其實完全不需要反省，他根本連發生什麼事都搞不清楚，就揹了個超級大黑鍋，要他反省什麼呢？真正有錯的人是我才對呀，是我故意在眾人面前讓他難堪，也是我自己一廂情願地喜歡他，才會讓事情變成今天這個樣子。所以我跟嘉愉姊說，請靖哥放過他吧，以後我會適可而止，不會再亂添麻煩了。

泡了杯茶，坐在床上，隨手抓本書來翻著，但書頁上的文字卻完全進入不了我的腦海，那一行行、一段段，彷彿都在跳躍似地，閃動在眼前，任憑怎麼仔細，就是無法專心地閱讀。到最後索性把書丟一邊去，改抓起從教會借來的一本聖經，隨便翻開來瀏覽，當作故事書閱讀，但只看了幾個章節，最後也看不下去。

坐在窗邊，看著外面發呆。此時此刻，我忽然好想出去透透氣，就算不能生出翅膀，直接飛到竹南去看海，至少也應該到我們附近的海邊去，在堤防邊聽聽海浪聲。然而這些都辦不到，昨天晚上，老爸才說我最近太愛往外跑，因此規定，除非是跟他們去做生意，否則晚上十點之後就必須在家，而且還揚言要將零用錢減半，藉以限制我的活動。真是太要命了。

萬般無奈中，只好打開窗戶，本來想乾脆爬到陽台上去坐坐的，電話卻響了起來，我原本期待會是阿諺，這幾天沒有聯絡，我很想跟他說說話，至少也要道個歉，可是他完全不打來，而我也因為心虛，遲遲無法鼓起勇氣撥給他。

「怎麼辦？我現在好想死。」電話那頭傳來的是孟庭的聲音，她用壓抑到了極點，已經近乎崩潰的語氣對我說：「我爸居然打電話去宗杰他家，把他臭罵了一頓。」

「為什麼？」

「也不知道這些基督徒到底在想什麼，他們好像以為這世界的所有問題都可以談一談、溝通一下就擺平，」嘆口氣，孟庭說：「今天下午，宗杰帶了禮盒來我家，說要跟我爸媽見個面，稍微解釋一下，結果他連開口講話的機會都沒有，我爸直接拿起球棒就要打人，還把他的禮盒給扔了出去，叫他立刻滾蛋。」

「這麼嚴重？」

孟庭說這問題變得好複雜，再沒辦法解決的話，她要嘛直接找宗杰私奔，不然就離家出走算了。我納悶不已，他們兩人年紀相差不大，除了那次無照駕駛之外，基本上也沒做出什麼無可挽救的事情來，為什麼她爸會氣成這樣。

「現在這雙方的衝突，已經不再只是成不成年的問題了呀，就跟妳說了嘛，一個是什麼上帝的羔羊，另一個是觀音的乾女兒，基本上就是水火不容呀。」哀怨不已，孟庭說：「現在我爸還說了，要是我們不立刻分手，那也不必等放榜分發了，他直接花錢，把我送到外地去念書，叫我滾得遠遠的，省得看了心煩。所以我就想，與其讓他看著煩，還要被丟到外地去，那不如自己離家出走算了。」

在坐困愁城、一片楚囚對泣的無奈中，我們掛上電話，孟庭的狀況看來也不比我好解決，實在很糟糕。嘆著氣，我連陽台也沒力氣爬了，又躺回床上，看著手機，看呀看地，看了好久，最後我傳了一封簡訊給阿諺，反正該來的總會來，該面對的遲早都要面對，簡訊中，我只問他會不會很生氣，我想跟他說句對不起。

「沒有生氣，我知道，那是因為妳還年輕。」五分鐘後，他回傳了這麼一句話，但我不禁又皺起眉頭，說我還年輕，意思就是太幼稚、思慮欠周全，每個人都這麼說，每個人都覺得我沒大腦。

「如果只憑藉著我還年輕的這個理由，那是不是可以再讓我多要一點任性？」雖然不高興，但現在是我理虧在先，所以，有點小心翼翼，懷著忐忑的心情，我又傳了過去。而他則回訊來問我想怎麼任性。

「我想去看三義的木雕、想去竹南學木工、想到教會去幫忙彈琴，也想喝喝你煮的黃金曼特寧，我很想，見你一面。」一百個理由，都只為了一個目的，我在心裡跟阿諺說：其實我只是想見你。

✤我可以找一百個理由，卻只有一個目的。想見你。

三次前往竹南，每一回的心情都迥異，我實在不敢想像，如果還有下次，那會是怎樣的光景。依循上次的路線，我們過關渡橋，沿著海岸邊緣走，這兒沒有高速公路的車多壅塞，倒添了幾分悠閒。

還沒抵達新竹，在半途的便利商店停下來，先將就吃點微波食物，坐在店裡設置給客人使用的椅子上，一起面向整片落地窗外的世界。今天微陰，出台北後反而落下毛毛細雨。以前我對晴天或雨天都沒有特別的感覺，但現在反而覺得這樣的氣氛讓人倍感惆悵。

「老實說，那天我真的嚇了好大一跳。」並不餓，所以只點了咖啡的阿諺開口。即使是這種便利性很高的咖啡，他也堅持自己的口味，什麼都不添加，就只有黑咖啡而已。

「對不起，還害你跟靖哥吵架。」非常小聲，我囁嚅著。

「算了吧，我也不是出來聽妳道歉的，況且，如果要道歉，也不必大老遠跑到這裡，對吧？而且，那天我哥火氣本來就很大，就算不是因為妳那句話，他也會找理由修理我。兄弟之間，打打鬧鬧本來就是理所當然，這也沒有非得是因為什麼。」他說得很淡然，好像這對兄弟的拳腳相向本來就是家常便飯似的。

「可是他好像還很不高興，而且那天我這樣子，一定讓大家誤會你了。」

「能被甜姊兒擺一道，應該要覺得很高興才對。」聽了我的話，他卻笑了，「反正有沒有，我自己清楚，上帝也清楚，這樣就夠了。」

低著頭，不曉得該說什麼才好，天空開始下起雨來，淅淅瀝瀝，逐漸濡濕地面，也模糊了我們看出去的視線。我吃完飯糰，喝著紅茶，兩個人又陷入一陣沉默之中，過了好久，他才說：「比起道不道歉，其實我更想知道，那天在竹南海邊，妳說的是不是真的。」

「你希望是真的嗎？」彎著腰，側頭，我抬眼看見的是阿諺的右半邊臉，還有他一點點的鬍髯。

這問題讓他也想了好久。儘管是大白天，便利商店裡依舊燈光明亮，迴盪著很輕的鋼琴樂曲。他喝了幾口咖啡，才說：「我會希望是假的。」

這幾天，中南部幾乎每天都下雨，海灘的沙子蘊飽水分，腳踩下去，每一步都滲出一點點水來。我們小心地走到木工場門口，阿諺皺起眉頭，彎腰一看，門鎖似乎有遭受破壞的痕跡。他開門後，先入內檢查一下，再到外面四處看看，回來時說，這應該是附近的不良少年所為，後面的沙灘上有好幾支空酒瓶跟垃圾，推測可能是一些小鬼跑來，也許好奇想進去看看，但因為打不開鎖而作罷。

「要報警嗎？」

「算了吧，就算他們打開鎖，進來也沒什麼好偷的。」看看那些工具，他說：「對我們來說，這些工具是寶，但是對那些閒人而言，卻毫無利用價值。」我點點頭，確實如此，在別人看來，阿諺可能就只是個工藝老師，或是教會裡一個經常糊塗誤事的幹部，但對我而言，他卻比什麼都重要，而且無可取代。

今天我們不做木工，會跑來，純粹只是我想再到這兒一趟。所以檢查工場內沒有任何被破壞的痕跡之後，我們關上門，順著海灘旁邊的步道，走了一小段路，就在上次一起吃飯的涼亭裡坐下。

「你有沒有什麼話想對我說？」又是以一段漫長的沉默來做開場，最後是我先打破僵局。

「我以為應該這句話應該由我來問？」而他一愣，四目交投的瞬間，我們忍不住都笑了一笑。

「所以你到底有沒有話要說？」

「有，不過我不了解的部分實在太多了，總感覺自己雖然和妳很熟，但似乎又不太了解妳。以前我覺得妳就是阿笨，可是沒想到笨歸笨，腦袋裡卻有很多讓人搞不懂的地方。

所以，與其讓我亂問亂想，還不如聽妳先講。」他還在堅持，但我也不遑多讓，直說既然是我先問的，當然該由他先回答，拖拖拉拉了好半天之後，他才妥協，問我這到底是什麼時候開始的。

「時間點很重要嗎？」

「好奇而已。」他說。

於是我告訴他，大約就從國三上學期開始，那天，工藝教室裡，這個毫無老師架子的傢伙摺了一架紙飛機，還玩得很天真。就從那時候起，我發現這人很對我眼，讓我非常感興趣，極想知道更多一點與他有關的事。

「我都不知道那架紙飛機會帶來這麼多後續效應。」他想了很久，才勉強想起來似乎真有這麼一回事，搔搔頭，又問我：「可是妳應該要知道，國三的課業壓力不輕，妳應該把精神都集中在準備考試才對，況且，就算我只是個約聘的員工，教學內容也跟升學無關，但畢竟工藝老師也是老師，女學生喜歡男老師，這種跟小說一樣，寫得讓小女生意亂情迷的八股劇情多多少少都有違常理，不是嗎？」

「是沒錯，但問題是我從來不曾把你當成老師呀，在我眼裡，你是阿諺，不是老師。」我搖頭，很坦然地說：「你看過《神雕俠侶》嗎？就像楊過愛上小龍女一樣，全世界都反對，可是對楊過而言，他根本沒把這些世俗禮教的規定放在心上。」

「那是小說。」

「小說描寫的對象是人，會反應現實人生，也探討人性問題。」

「誰說的？」他轉頭問。

「國文老師說的。」我驕傲地回答：「我第一次基測，成績最好的就是國文。」

「媽的。」然後他就投降了。

這雨斷斷續續，如細絲般輕輕飄下，對坐了半晌後，乾脆沿著步道走上一段，雖然沒有帶傘，但也不至於淋濕。

「我應該告訴過妳，等阿純回台灣，我們就會結婚，而且她的歸期可能就在不久之後，對不對？」見我點頭，阿諺又說：「知道這樣，妳還沒想過要放棄嗎？」

「有。」我點頭，「我每次一想到這個，都會跟自己說：不如放棄算了，我實在沒理由去愛上一個就快結婚的人，畢竟前面還有大好人生在等著我。」

「既然這樣，那為什麼不放棄？」

「保羅被迫害、被逼著放棄宣教時，他有放棄過嗎？」我的反問讓阿諺一愣，停下腳步，一時難以回答。這個故事是我之前在閒看聖經時所讀到的，本來沒有太大共鳴，但這時卻忽然聯想到。頓了一下，他才說沒有人可以跟耶穌相比，那意義不同。我沒有接口辯駁，因為也無須在這宗教問題上爭論，我只要自己清楚，對我而言，阿諺有著這樣的價值，那就夠了。

「前天，嘉愉姊打過電話給我，說妳們碰了面，還聊了不少，是嗎？」

「也沒聊什麼，就說些你以前跟阿純的事而已，像聽故事一樣。不過我們也才知道，原來呢，你喜歡姊姊型的女生，是嗎？」模仿他的口吻，我也問。

「姊姊好呀，姊姊成熟懂事，能夠自己照顧自己，不需要別人擔心。」

「我也不必你擔心呀。」

「是嗎？我記得第一次妳來這裡，才不到幾個小時，就把手給割傷，還縫了八針，這件事妳該不會已經忘記了吧？」指著我雖然已經拆掉紗布，但還沒完全癒合，也還沒拆線的傷口，他說：「這不就是讓人擔心的證據嗎？」

「你真的以為這是我太魯莽，隨便玩那些工具，所以才受傷的嗎？」又停下腳步，我問他。

「難道不是？」

看著阿諺，我腦海裡閃過的是非常清晰的畫面，那天，他走到外面去講電話，跟阿純聊得頗開心，而且一講就講了好久。我說：「坦白講，我不能完全否認這個傷是源自於意外，但除了意外，如果我說，有更多的原因是因為你，你相信嗎？」

「因為我？」他也回想一下，問我：「妳是指我把妳一個人留在工場嗎？確實我也有錯，本來就不該讓妳單獨使用工具的。」

「不，我不是說這個，」我搖頭：「我所指的，是你把我單獨留在工場的原因，為什麼？你應該也不會就忘了吧？再回想一下，去過醫院後，我怎麼跟你說的？以後當我的家教時，不可以怎樣？這你應該也還記得吧？」很真摯的眼神，我盯著他看。

然後他眼裡有恍然大悟的神色，我在心裡對他說：這不是那種小女生的意亂情迷，我很認真、我很清楚；我在乎、我嫉妒，我希望你有那樣甜蜜的笑容時，是只因為我。

✤我希望你的甜蜜笑容，是只因為我。

談不上是什麼樣的感覺，當各式各樣的大量木雕藝品出現眼前時，我除了眼花撩亂外，根本一點風格或流派的概念都沒有。如果是之前，阿諺應該會興奮地一一介紹，無論是題材或風格，相信他都會有很多的見解與我分享，但現在我們卻走馬看花、無所用心，彷彿就算它們雕得再好，我們也當作是公園裡的廉價雕塑品，完全沒放在心上。在三義的街上逛了逛，卻什麼也沒買，最後我們上了車，又慢慢往回開。

「我覺得，還是應該跟你說對不起。」也不曉得為什麼，接近傍晚時，快到淡水，我忽然這樣認為。

「為什麼？」

「不清楚，真的。」我搖搖頭：「就只是一種感覺而已。」

阿諺沉默了一下。眼看不久就要到我家附近了。今天早上我是在細雨中緩緩踱步到捷運站的，阿諺知道，所以他要送我到家門口，但我卻問他晚上還有沒有事，如果沒有，我還想去海邊。

淡水其實不小，只是一般遊客都認為這兒只有渡口跟老街，卻忽略了它整個沿海的風景。車子順著小路走，在堤防邊停下，這兒是我常來的地方，也是我認為淡水最美的所在，而且好處是這裡沒有什麼觀光客。

「所以我算是被你拒絕了，對不對？」並肩坐在堤防上，看著滿天的陰暗，沒有瑰麗的夕陽，只有濃厚的雲層。我強顏歡笑地問他。儘管這一天相處下來，我已經知道結果，可還是想要聽他親口對我說。

「對不起。」他低頭說了一句抱歉。

「沒關係。」我也淡淡地回答。無法明白而具體地去想，究竟自己現在是什麼感覺，好像只剩下非常深、非常深的落寞。

「或許妳會認為我這麼說是多餘的，但我是真的認為，與其把全部的注意力都放在我身上，不如更用心看看生活周遭，妳會發現還有許多從未體驗過的事物與感覺，應該趁著年輕時，多去經驗與嘗試，這會比跟我談戀愛要來得有趣，也有意義得多。」他說：「好比說，我記得妳曾經提到過，很想去旅行或環島。其實趁著這個暑假的零碎時間，也不用太多天，就可以跟家人或朋友一起成行，到不同的地方去看看不同的風景，這不也很好嗎？」

「我懂，沒關係，這些心願，總有一天我會實現的。」點頭，看著把話說得很婉轉的阿諺，我勉強撐起笑臉，說：「我會安排自己的時間，會安排自己的活動，這個你都不要擔心，也許過沒兩天，我就又打電話給你，約著要去竹南做木工了，對吧？」

「要繼續學木工也可以，不過接下來我可能沒時間去竹南教妳，教會的籬笆要修理，牧師娘說要養狗，我也得幫她蓋個狗屋。如果妳想知道狗屋怎麼蓋，倒是可以來看看。」他笑著說，但語句裡有著跟我一樣的勉強。

所以我應該死心了嗎？自己也不清楚，這怎麼可能真的死心呢？一年多來的感覺，該怎麼在短短的一天之內放棄或結束？這我真的辦不到。等到天色真的完全暗下來，我們才又上車。在距離我家不遠的巷口，我問阿諺可否停下車來，一起再走一小段路。

「妳很愛散步？」依順著，鎖上車門後，他真的陪我慢慢走。巷子不算長，頂多百來公尺，我特意放慢腳步，想多珍惜這短暫時光。

「那要看是跟誰。」我回答。比我高出一個頭的阿諺也緩下了步伐。我鼓起勇氣，問他可不可以把手借我。「不管基於什麼理由，也不管你有多少不願意，拜託，讓我任性一下下，可以嗎？」沒有多說，他直接牽起我的手，就這樣慢慢前進，一直到了接近我家門口時，這才輕輕放開。那種握法跟之前在竹南過夜時，我偷握他手的感觸很不同，是帶著力量，也更具溫度與存在感的握法。

「最後一個問題，如果沒有她，你會選擇我嗎？」在門口，我回頭問阿諺。

「不知道，我不能做這樣的預設。」阿諺搖頭。

「無論如何，謝謝你今天陪了我一天。」點點頭，然後我說。

覺得幾乎已經沒有任何遺憾了，就算明知道自己毫無勝算，但至少我們還曾經牽著手走過這樣一段路，那真的就已經了無憾恨了。看著他的背影在狹長的巷子裡逐漸遠去，我跟自己說，千萬別奢求太多，至少現在還不行。沒有遺憾也不代表就要放棄，這可是嘉愉姊說的，人還活著，故事就還會繼續，我照著自己認為對的方向，做自己認為值得的事，這樣就好。所以如果還想要有以後，那麼現在最好別逼得太緊，免得連朋友都當不成，那就損失大了。

想著，雖然心中不免遺憾與惆悵，也感到難過，但還是極力鼓起勇氣與膽量，我跟自己說：沒關係，不過就是失敗一次而已，反正我什麼都沒有，就剛好是青春年少，慢慢來就好。這樣的想法會很自欺欺人嗎？我不知道，也不想知道。

「捨得回來啦？」結果門一打開，才剛走到客廳，就看見我爸鐵青著臉，坐在沙發上。那瞬間我暗叫一聲不妙，剛剛太專心在記憶阿諺掌心的溫度，居然忘記要留意，今天又是陰雨綿綿呀，我爸又公休一天，他的小貨車不就停在外面嗎？人也沒出門，可能也跟前天一樣，站在窗邊看著天空，在盤算著是否要出門開工，那我跟阿諺牽手走回來的一幕，不就讓他盡收眼底？

「我就說呀，平白無故，他要帶妳去竹南學什麼木雕？還那麼好心，帶一群人來喝綠豆湯，卻只為了當作讓妳受傷的陪罪？當老師還有當成這樣的？」我爸的聲音很低沉，他冷冷地說：「說吧，妳現在最好說出一個讓我聽了會滿意的理由，不然就試試看。」

❖我知道那一切都有代價，而我願意。

29

「我叫妳再去學鋼琴，妳不去；叫妳去補習，妳說什麼只補一個暑假，時間不多，學也沒效果；要妳去找其他才藝，妳又說以後高中會有很多社團可以選擇。結果呢？結果妳做了些什麼？」他的臉色很臭，粗沉了嗓子數落著：「看妳自己第一次基測考出來的是什麼成績？明知道自己程度不好，就要多填幾個志願，結果現在沒一個像樣的學校可以念；給妳第二次機會，妳考試前卻完全不念書，還跑去什麼夏令營，現在又跟個男人牽手在路上走。」看著我，他問：「妳跟他現在是什麼關係？」

「朋友。」

「朋友會這樣手牽手嗎？跟女的朋友手牽手我還相信，妳跟個男人手牽手，還敢跟我說是朋友？」他一生氣，音量也隨之提高：「這算是哪門子的朋友？還不給我老實說！你們什麼時候開始交往的？」

「沒有交往啦！」然後我也生氣了，轉身就想走開。

「給我站好！」盛怒之下，他站起身來，大吼了一聲。「我話還沒有問完！」

「你到底要問什麼？就說了，只是朋友，什麼也沒發生過！他就只是我們以前國中的工藝老師，也是教會的人，人家他有女朋友，而且很快就要結婚了，是我自己單方面喜歡他，這樣而已！」

「媽的，結果還是妳去倒貼，讓人家白佔便宜！」他氣得在桌上一揮，把茶杯打得飛了出去，水花與茶葉渣四濺，跟著一聲脆響，茶杯粉碎。

「不要亂講話好不好！沒有誰佔誰的便宜，我愛他，他不愛我，就這樣，沒了！」被老爸的暴戾舉動嚇了一跳，但我還是據理力爭。

「愛個屁，愛什麼愛？妳這年紀知道什麼叫愛？」他簡直怒不可遏，走過來就要給我幾巴掌，幸好這時我媽洗完澡，剛從浴室出來，才急忙擋在我們之間。被自己老婆拉著，我爸氣得七竅生煙，大罵：「拉什麼拉！他媽的都是妳，把她寵成什麼樣子！現在才幾歲，就讓男人牽著手回來！是不是再沒幾天，她就給人家弄大肚子回來要錢了！」一邊罵，他用力推開我媽，但自己也沒站穩腳步，重心一偏，剛好撞到掛在牆上，那個我去竹南所做的鑰匙吊掛架，一怒之下，他將架子用力扯下，摜在地上，摔得粉碎。

「夠了沒有！就算真的大肚子，我也不希罕你的錢啦！」聽他罵得愈來愈不堪，我氣得眼淚都流了出來，跟著用吼的發洩我的情緒。

「還吵，快進去啦！」結果老女人趕緊對我揮手。

氣憤難當，我一進房間，忍不住用力踹了門口的衣架，砰然大響，它整支倒了下去，上頭懸掛的衣服、帽子掉了一地，但這完全無法讓我消氣，把包包在地上用力一甩，我一腳將它踢得老遠。

實在難以想像，為什麼我爸這麼不講理，之前直說要我去學什麼才藝，但我也都跟他講了，有的可以以後再學，有的是我真的沒興趣或沒時間，而且學一堆不實用的東西幹嘛？以後不能當飯吃，現在也只是浪費錢。那些明明早就講好的，現在卻拿出來當理由！而且我跟阿諺真的沒怎樣，他憑什麼只因為看見我們牽著手走這一小段路，就認為我和他一定是在談戀愛？而就算談戀愛又怎樣？我都要上高一了，以前也交過幾個男朋友，只是他不知道而已。這在我們的生活圈裡，根本就不是什麼了不起的大事，大家早就見怪不怪了。

想到這裡，我的怒氣更盛，他會摔茶杯，難道我就不會？抓起桌上一個我常用來喝茶的不鏽鋼保溫杯，使勁地就往門口砸過去，金屬碰撞，發出響亮的聲音，接著他從外面就又開罵了，說什麼如果再讓他聽到任何聲響，就把我趕出去。

趕出去？我還需要你來趕嗎？氣急敗壞地，我走到牆邊，拿出包包裡的手機，稍微看了一下，幸虧剛剛沒有摔壞。撥通電話給孟庭，我劈頭就問她，上次說的想要離家出走，這件事是不是真的？

「怎麼了？」電話中，她察覺到我的盛怒。

「就問妳是不是真的，這樣而已，其他的先別問。」我說。

「是呀，我想去台中找我二姑姑。」孟庭說今天下午，她老爸回到家，看見她在講電話，也不問青紅皂白，立刻就又數落她一頓，但天知道她只是打電話給阿符而已。

「好，妳先去收拾東西，晚上兩點，我去找妳。」抽張面紙，擦去眼淚，我強自鎮定，但還聽到自己的聲音因為憤怒而微微顫抖。

叫我滾？好，沒關係，不在家看你臉色也不會死。我抓起放在衣櫃下方的大背包，隨手就塞了幾件衣物，稍微拿點東西後，考慮到身上的錢不多，我特別等了大約二十分鐘，房間外面似乎沒有什麼動靜了，這才輕輕地打開門。老女人在小書房玩遊戲，我問她能否先拿下個月的零用錢。

「現在才月中耶，妳錢花完啦？」

「還沒，只是想要先拿而已。」我說。

「拜託妳省著點用哪。」嘆口氣，她起身就要去拿皮包，只不過錢還沒到手，我爸就又聞聲而來，站在小書房門口，當下又是一陣臭罵，罵完才問我要錢何用。

「我跟媽拿錢也不行嗎？又不是跟你要！」

「說那什麼屁話，妳媽的錢哪來的？不是我跟她出去賺的嗎？一天到晚要錢，拿了錢就出去貼男人是不是？」他也還怒氣未消，不但阻止我拿錢，而且還叫我回房間去反省，沒有他點頭，絕對不許出來。

這簡直是蠻橫到了極點！我回房間後忍不住又哭了出來，一邊哭，一邊翻箱倒櫃，平常就沒什麼儲蓄習慣，現在找了半天，連同小撲滿裡的零錢，總共也才兩千多元，這點錢怎麼夠用？

但眼見得也沒辦法了，只要能夠離開這裡，就算睡在馬路邊也甘願。咬著牙，收完該帶的東西，我坐在房裡，真的一點聲響也沒有，連晚餐也不吃，一直耗到了晚上十一點多，外頭聲音也沒了，我猜他們大概已經躺平，沒做生意的話，通常這兩個人都很早睡。

不過我不敢輕忽大意，還是耐心繼續等待，一直到晚上過了十二點多，早已飢腸轆轆，但我依舊賭著氣，偏不想到廚房去覓食，也以免讓他們發現我還穿著外出的衣服。直到時間終於到了凌晨一點半，我才揹起包包，輕輕打開房門，躡手躡腳走到門口，鞋子還是拿出門才穿上的。

不想看到我是吧？覺得我很礙眼是吧？沒關係，不必你來趕，老娘自己走。完全不回頭多望一眼，我跟自己說：就走呀，沒在怕的。

✤我沒有放不下的，只除了你。

凌晨兩點二十五分，終於走到孟庭家樓下，她也差不多，只有一個背包，外加一個小側包的家當。一臉憔悴的她說晚上又被罵了一頓，只因為她爸看到一張感謝狀，那是之前我們去教會幫忙夏令營活動時，牧師娘給的。

「連這都要罵？」走出來，我問她。

「當一個人惹你討厭時，你會連對方的呼吸都嫌吵，就這樣。」

三更半夜的，沒有公車或捷運，我們兩個離家出走的女生只能在捷運站外面找地方坐下，而且還得小心翼翼，避免被巡邏的警察發現。就這樣等到天亮，捷運第一班車終於要發動，我們才稍稍放下心來。先到台北車站，原本孟庭想去台中找她姑姑的，但我卻問她能否先去一趟竹南。

「當然，天涯海角，現在我們哪裡都去得了。」而她笑著。

我並不覺得此刻的空氣就是自由的，當區間列車搖搖晃晃，從地底下鑽了出來，行駛在重見光明的地面軌道上時。似乎自己的肩膀更沉重了些。看著外面陽光耀眼，心裡卻忡忡而憂，根本不知道能在外面躲多久，或者，究竟我想躲什麼，連自己也不是真的清楚。

都這年紀了，我知道逃家不是解決事情的辦法，也知道根本沒有地方可逃，選擇離家出走，只是想讓自己暫時離開，暫時放下一些什麼。然而，那放得下嗎？我完全不敢想。

在車上，聽我說完這幾天的事，孟庭嘆氣，說：「這件事遲早要有一個了斷的，對不對？」

「是呀。」我點頭，「而且即使我再怎麼不願去面對，那一天還是早晚會來的。」

「玩火。」

「彼此彼此。」而我說。

我們的處境差不多，追求的都是困難重重的愛情，而且無論阻礙來自哪裡，我們都一樣沒有勝算。兩個人都把手機給關了，再晚一點，我們的父母一定會發現小孩不見了，屆時可能會有不少電話，但那些來電可不能接。此外，我們也都沒帶手機充電器。到了竹南車站，才早上九點不到，先買好食物，我們攔了計程車，一路就往海邊去。

帶著孟庭過來，穿越海灘上的小徑，到了木工場，我看得差點沒傻眼，上次就已經搖搖欲墜的小門鎖，現在居然被整個撬開，裡頭一片凌亂，滿地都是工具，木雕也東倒西歪，而且到處都是垃圾，有吃完的食物包裝袋，也有好多空酒瓶。

「怎麼會這樣？」我臉色一沉，上次跟阿諺來時，他已經發覺附近有人企圖侵入，這次則是被登堂入室，跑到裡頭來撒野了。

「很棒的地方，」環顧了四周一圈，孟庭也皺眉：「除了這些垃圾之外。」

無奈著，我們放下背包，先把垃圾撿乾淨，再把抹布拿到牆角儲放備用的水桶裡沾濕，將四周都擦拭一遍，孟庭拿著那條霉味很重的棉被出去找地方曬，我則將工具重新收好，把被推倒的木雕作品也一一擺正。原本放在那個小櫃子上的阿純的照片，現在也被丟在地上，我將它撿起來，看了看，決定暫時不要多想，先收進櫃子裡。

「這裡有電，可惜沒水，比較麻煩。」等孟庭回來，我跟她說：「不過附近有個加油站，晚上可以去那裡洗臉。」

「妳在這裡學木工嗎？」一臉新鮮的表情，蹲下來欣賞阿諺的木雕作品，孟庭說這些東西的風格很特別，跟她家那些神像完全不一樣。

「抽象派的。」我說。

一切都整理完畢後，我們關上門，一起到附近的海邊散步，途中還遇見幾個巡邏的海巡署士兵，他們投過來非常好奇的眼光，大概沒想過這附近會有這樣年紀的小女生吧。不過我們沒怎麼理會，一路慢慢走，我心裡想的全都是阿諺。他會不會有點難過？我知道愛情不能勉強，以前談過幾次不太像戀愛的戀愛，也曾經拒絕過幾個向我告白的人，如果來告白的人是我不在乎的，那當然可以直接回絕，但如果是認識的，就難免會有點尷尬，甚至自己也會難過，所以我在想，那天阿諺帶我來竹南，又去了三義，一整天，他的心情應該也不會開朗吧？

「如果再給妳一次機會，妳會不會一樣愛上他？」孟庭問我。

「當然。」我回答得毫不猶豫。

「人家說，愛情要順利，非得是在對的時候，遇見一個對的人，可是我們好像都沒合乎這樣的條件。」直接坐在海邊的步道上，看著深灰色的沙灘與深灰色的海，孟庭說。

「是呀，真倒楣。」我苦笑。

「可是就算是這樣，真的再給妳一次機會，妳也還是會選擇他嗎？」

「換作是妳，難道妳不會？」

「我會。」

「那就對了。」我點頭，然後兩個人又一起嘆氣。

在來這裡的計程車上，我們本來說好下午就離開竹南，繼續往台中出發的，然而在海邊坐了一會兒後，孟庭卻覺得這裡很適合當個祕密基地，問我能否乾脆不走了，我們就窩在這裡。而這正合我意，當下立刻答應。

下午我們打開手機，稍微看了一下，她有四十幾通未接來電，幾乎都是家裡打的，而我則有六十幾通，老女人跟我爸都有。當然，我們的手機裡，也有對方家裡打來的號碼，看來天下的爸媽都一樣，找不到女兒，就找女兒的朋友。

「妳想回撥嗎？」孟庭問我。

「暫時還不想。」

「我也是。」關了手機，孟庭露出一臉不耐，看樣子她爸真的很讓她反感。

阿諺知道我逃家了嗎？想來是還沒，我爸媽沒有他的聯絡方式，若要透過教會找人，也還需要一點時間。不過應該不會太久，因為老女人既然跟孟庭的父母聯絡上，那表示她已經知道我們是相偕逃亡，朋友圈裡問不出結果，當然會更朝外發展，而最近跟我有所接觸的，就只有教會而已，教會的人之中，尤以阿諺跟我往來最為密切。

如果知道我逃家，他會怎麼樣？很擔心嗎？會像上次我受傷時一樣地擔心嗎？我猜一定會，他的個性從來就不是冷血的，發生這樣的事，他怎麼可能置若罔聞？如果老女人請他幫忙找人，他也一定會猜到這裡，但他會說出來嗎？坐在桌前，把玩著上次讓我受傷的雕刻刀，我心想，應該也會說吧？無論站在什麼立場，他都不會鼓勵逃家的行為，所以沒理由幫著隱瞞。好矛盾的心理，我希望是他找到我，但又不希望他帶著我的家人前來。

不過雖然這兒的風景不錯，但看海也不可能看上一整天，疲累至極的我們倆，擠在床上睡了一覺，天黑前恰恰醒來，反正左右無事，孟庭問起那些工具，我索性把整箱的東西都一一拿出來做介紹，這些當初阿諺所給予的知識，現在剛好派上用場，一邊賣弄著，我按照阿諺說過的方式，一邊上油，一邊去鏽，全都保養一遍，等我講述完畢後，天色也完全黑了。

「怎麼辦？」當檯燈亮起時，孟庭忽然問我，如果已經睡飽，那麼接下來的長夜漫漫，我們將做何消遣？這是個始料未及的好問題，其實我也不曉得。在這個沒有電視、電腦，也沒有任何書本或雜誌，甚至連副撲克牌都找不到的地方，一整晚該做什麼才好？一股莫名的窘困猛然來襲，我們頓時沒了主張，兩個人無聊了好久，到最後，孟庭才提議要看星星，而我沒有任何意見，儘管我多麼希望，當有一天，可以坐在靜覷無人的海邊，仰望滿天星斗時，身邊坐的是自己最摯愛的人，不過這時也就別再勉強了，孟庭好歹算是我最好的朋友，將就一下總是可以的。

把背包先拿到工場的角落藏好，我們只帶了手機跟隨身的小包包，還是那條步道，又走了出來。畢竟不是度假，所以既沒有短褲、拖鞋的休閒裝扮，當然也沒有防蚊液之類的東西，門鎖故障後，就無法有效阻擋蚊蟲的侵入，所以手上被叮了好幾個包。在外頭走了一圈，果然滿天星斗，但無奈我們誰也沒有觀天文的知識，所以除了讚嘆之外，其他的什麼也沒有。倒是看著星星時，我在想，中國古代的一些名人經常有夜觀星象，看自己本命星的動作，一顆星星代表一個人的生命，本命星墜落時，這個人也就隨之死亡。如果這種說法成立，那我的本命星在哪裡？而阿諺的本命星又在哪裡？我們離得遠或近？能不能互相輝映？

看夠了星星，也惆悵夠了之後，兩個窮極無聊的人終於愛睏，本來想回去睡覺的，沒想到就在快要回到工場時，卻看見幾輛機車騎了過來，我跟孟庭嚇一跳，急忙躲到步道旁邊的樹後，只見那幾輛機車就停在木工場邊，下來的是一群看起來就像小混混的年輕人，當中還有幾個女生。

「怎麼辦？」很小聲，孟庭問我。

「不知道。」而我搖頭，心裡正拿不定主意，眼見得那群人毫不客氣，踹開沒上鎖的木門，就這麼一擁而入，我聽見有幾個人高喊著說要拿裡面的木頭來生火，也有人扛著整箱的啤酒。從他們肆無忌憚的樣子看來，這些人應該不是第一次造訪，而且搞不好之前的凌亂就是他們造成的。

就在我還舉棋不定時，裡面有人高喊，看來大概是已經發現了我跟孟庭的東西。而也就在這時，兩個小混混真的捧了阿諺的木雕作品出來，居然就要在工場的門口起火。我這下再也顧不得什麼了，掏出手機，立刻就撥了阿諺的電話，而與此同時，木工場的門口也閃起了火光。

✤我只想保護那個屬於我們的天堂。

我後來終於明白，那是怎樣的滋味，當夏天過去，蟬聲止歇，而好夢覺來。
好想念哪，那時節的西岸海邊，總有回憶輕輕。
一點點，一點點，就沁入了心脾，沁入了靈魂。

別讓人在夏夜晚風正甜處哭泣。
你知道，我眷戀的又豈只是那斧鑿間的深刻而已。

沒有任何責備，也沒有什麼處罰，老爸大概自己也完全不知道該怎麼做才好，他只像平常一樣，叫我去幫忙顧攤子，或者幫忙煮綠豆湯，又或者，則是叫我有空練練鋼琴，像什麼事都沒發生過一樣。孟庭也是，她爸媽簡直嚇壞了，離家出走一天一夜，最後卻在偏僻的竹南海邊被找到，而且渾身髒污、蓬頭垢面，還跟我一樣，身體有好幾處被火燒燙受創，雖然不至於嚴重到留下疤痕，但也需要一點時間養傷。所以回去之後，根本沒受到任何責罰，她家人心疼都來不及了。

在木工場外頭，那群不良少年忙著起鬨，他們不曉得用了什麼方式，火焰很快就升起，而且勢頭還不小。眼看著阿諺的心血即將付之一炬，我趕緊撥打電話，但偏偏連續幾通都無人接聽，情急之下，我找出小包包裡頭，那張之前嘉愉姊給我的名片，請她幫忙找人，並且託她報警。

只可惜，警察還沒來之前，那群人已經把不少木雕作品都丟進火堆裡，而更糟的是，他們顯然錯估了火焰的蔓延速度，這些能夠用來雕刻的木頭都非常乾燥，一旦著火，火勢會快速蔓延，不到一下子時間，他們就發現大事不妙，那當下居然也不管火堆是否會造成災害，一夥人騎上機車，就這麼丟下不管，全都一哄而散。

我跟孟庭儘管害怕，但也不能坐視不顧，慌亂中，兩個人一齊跑了過去，可是火焰的溫度太高，又在木工場的門口，我們根本沒辦法進去拿包包，也沒辦法進去拿那桶備用水來救火。情急之下，孟庭抓起今天下午拿出來晾曬的棉被就要撲火，卻被我一把拉住，火勢的威力早就不是一條薄棉被所能擺平的。我們完全束手無策，只能盡量從火堆裡將還沒完全燒壞的木雕作品搶救出來，但就算拿出來，恐怕也沒用了，大部分作品都已經被燒缺了角，或被嚴重燻黑。就在這時候，附近巡邏的警車經過，兩個看得瞠目結舌的警察立刻通報消防隊，但早已為時過晚，等消防車從市區開出來，再經過好幾個轉折的產業道路，抵達這荒僻的海邊小屋時，它早已經被燒得面目全非，除了四面的紅磚牆還在之外，連木頭搭蓋的天花板都燒得罄盡了。

消防隊正在灌救時，我們被警察拉扯到一邊，看著火勢在燒完所有木頭後逐漸趨緩，被消防車上的水柱慢慢撲滅，我完全失去了說話的能力，甚至連站都站不住，只能坐倒在地，眼睜睜看著這個充滿回憶的小屋子付之一炬。水柱噴灑的高度很高，在半空中散成水花，落在沖天而起的火勢之上，跟著激起漫天的蒸氣，四處飄散，而火勢最旺盛時，還不斷有火星點點，隨風飄到空中，非常美，卻美得讓人怵目驚心。我看著那樣的火勢，看得人都呆了，當警察問話時，我答也答不上來，卻感覺到臉頰一熱，有兩行眼淚滾燙地不斷落下。

做完筆錄，在警局等了大約兩個小時左右，孟庭的爸媽先來接人，次後，阿諺終於打電話來，他忙著處理教會的事，也沒接到嘉愉姊的通知，不過今天傍晚時，我爸已經跟他聯絡上，所以晚上忙完，一看到我的未接來電，立刻就跟我父母通報，而那當時，消防隊已經展開灌救工作，警方也早已通知家長，他們正開著車子南下，所以他急忙也跟著趕來。

「我沒事，先不用過來，不然遇到我爸，搞不好場面會不好看。」電話中，我叫他先過去看看火災現場，消防隊即使撲滅了火勢，也不肯讓我跟孟庭進去，他們還要勘驗。然而阿諺卻不肯，他說既然消防隊不讓人進去，他到海邊也沒用，叫我千萬先在這裡等他。所以就在警局，當我爸媽一臉焦急地衝進來，看著我已經被簡單包紮好的傷口，正在問東問西時，我根本不想多說，眼睛直盯著警局門口，就只想等他。

「阿符說妳跟孟庭都不見了，而我問了一些人，都問不到去處，那時就在想，妳會不會跑到竹南來，可是想想似乎不太可能，這兒路不好找，妳應該找不到才對，沒想到……」等了好久，當他憔悴地走進來，看著我時，臉上有著難以言喻的悲傷跟心疼，那瞬間，我原本沉默不語的態度瞬間融化，再也忍不住情緒，所有的委屈、難過，還有害怕、悲傷，全都湧了上來，整個人放聲大哭，就當著我爸媽的面，朝阿諺撲了過去，將他抱在懷裡。

「好了，沒事了，沒事了。」讓我緊緊抱住，任由滿臉鼻涕眼淚都沾上他的肩膀，阿諺輕拍我的背，柔聲地安慰。

「對不起，工場燒掉了，什麼都沒有了……你知道嗎，什麼都沒有了！我想多搶救一些出來，可是沒辦法，火太大，根本沒辦法……」我只覺得自己有太多太滿的情緒需要發洩，崩潰的心情完全無法抑制，手指不自覺地用力抓緊，指甲都掐陷進了他的身體，卻根本難以放鬆，只能不斷哭嚷著。

「沒有就算了，木頭可以再刻呀。」他溫言勸我。

「木頭可以刻，但是回憶呢？回憶不能刻呀！工場一燒掉就沒有了呀！」我聽見自己激動的聲音，也不顧這裡是警局，我爸媽都在旁邊。

「沒有舊的回憶，那就創造新的，好不好？」忍著被我掐住的痛，他撐起微笑，看著我說：「只要妳平安無事，未來的回憶就可以慢慢創造，工場燒掉也沒關係，以後再蓋個新的，好不好？」

✤好。有你，就好。

「受傷的人不該到處亂跑，更不應該還無照駕駛的。」見我騎著機車出現，阿諺笑著對我說。提著一個大袋子，裡頭裝了好幾碗綠豆湯，沿著小路上山來，每個人都開心地跟我道謝，就只有他得了便宜還賣乖，說什麼身為老師，不應該享用自己學生無照騎車所送來的綠豆湯，這樣不僅有違師道，同時等於助長犯罪。

「屁話說完了嗎？」我捧著綠豆湯，等著他囉嗦完。

「還沒耶，我是認為……」

「你是拉肚子嗎？這麼多屁要放呀！」不耐煩他的廢話，我一把將碗推了過去。無照駕駛當然是違法的，但我可不是吃飽撐著就騎車亂跑，老女人叫我出門一趟，免洗湯匙已經用完，偏偏補貨又忘了補，所以才有這趟跑腿。反正都要出門了，我只是順便送幾碗綠豆湯來而已，他大可不必這麼大驚小怪。

青年團契的這些人大多在二十歲上下，很多都還是學生，所以七月多，暑假的日子，既不用上班，也沒課好上的人，就會來幫忙教會的整修工作。不過他們通常也做不了什麼，在工地看到他們的機率，遠比在球場看到人要少得多，真正拿著電鑽、電鋸在賣力的，往往只有阿諺而已，那些人除了白吃白喝，就淨會打球跟聊八卦，而且尤其愛在我送飲料來時鼓譟喧嘩。

「這釘子不行吧？」檢視著阿諺剛完工的一排籬笆，我發現有幾根釘子明顯歪了，而且也沒完全釘進木板裡，就這麼露出一截在外面，實在相當危險。

「真的，怎麼會這樣呢？」嘆氣，阿諺也不囉唆，拿起鐵鎚就開始敲。我知道這些粗糙的施工一定是出自於那幾個已經跑去打球的傢伙之手，他們根本沒受過訓練，連正確的握鐵鎚方法都不會，怎麼可能把工作做好呢？於是我索性從頭又檢查一遍，一面看，一面拿麥克筆做記號，將那些瑕疵的部分圈起來，等一下讓阿諺去修復。

「妳今天都沒事了嗎？」見我幫起忙來，阿諺問我。

「早上去上完英文課了，下午還好。」

「成績應該放榜了吧？」見我點頭，他問我有沒有把握填到理想的學校。

「不知道，這種事誰也說不準呀。」我搖頭。確實如此，分發的結果沒有出來之前，誰也不能肯定自己未來究竟是考到哪裡。不過我沒有把話誠實說完，事實上，根據往年的分數與學校的分配情形，以及今年的考情，其實我大概已經知道自己的學校落點，報考的區域是北區，最有可能填上的，大概就是台北市的幾所私立高中，也就是說，未來的生活圈應該都還在北部。不過按照老女人偷偷透露的訊息，我爸似乎有意把我送到中部或南部去，儘管逃家的那件事他並沒有深責，但在警局裡跟阿諺擁抱的畫面終究讓他非常不高興，所以最近他也在物色幾個中南部的學校，想透過關係，讓我遠離淡水。

「但不管怎樣，總應該是在台北吧？」用力撬落一支歪掉的釘子，他問我。

「應該是。」點頭，不想把這件事告訴他。這一個多月來，我們之間的風風雨雨已經夠多了，如果老爸非得要我離開，那就算我再逃家一百次，他也不會打消主意。況且前幾天嘉愉姊打電話來問候，她說阿純似乎八月底就會返台，如無意外，也許她會跟阿諺先訂婚，叫我要有心理準備。阿諺並沒有對我提及這件事，或許他可能比我更為難，不曉得如何開口，因此，我想我可能會離開北部的事最好也就先別說了，免得他更心煩。

一連幾天，不斷看到有貨車開上這條小山路，運來大量的木材，阿諺在教會前面的空地上搭了一座臨時的工作檯，把一組電鋸安置在上面，一大片木板推過去，就平平整整地切成面積均勻的方塊，如此來回幾趟，大木板變成了一條條的細長方形，這些為數眾多的木板建構出從教會門口出來，順著路下去，至少上百公尺的籬笆。我很想去操作工作檯上的電鋸，但阿諺說什麼也不答應。

「這工具我們工藝教室就有了，為什麼工藝課裡，其他同學都可以使用，現在你卻不讓我試試看？」我生氣地問。

「工藝課也不見得會用到電鋸呀，而且就算會用到，那也是因為上課必需，我無話可說；但是在這裡不一樣，這是施工現場，有太多危險性難以預料。況且妳沒有非碰它不可的必要呀。」阿諺耐著性子，他擦擦額頭上的汗水，脫下了工作手套，走到我面前來，很大方地伸出手，拍拍我的腦門，說：「妳知道的，我不能再讓妳有任何意外，懂嗎？」

「你不能永遠都把我當成小孩子。」他轉身又走回去，我也跟上。

「那，請問這位成熟的小姐，如果我現在請求妳幫我個小忙，不知道妳願不願意？」蹲下身子，重新穿戴回裝備，他忽然轉過頭來笑著問。

「除了叫我滾開之外，其他的你儘管說，上天下海都沒問題。」我開心地允諾。

「不必那麼辛苦，」他哈哈一笑，指著教會的方向：「中午休息時間就快到了，但是牧師娘今天不在家，沒人做午飯，所以我想請妳幫我打個電話訂便當，好嗎？」

「該死的，你去吃草根吧你！」

✤你要搞清楚——

不若那些搞笑的愛情小說人物，我是除了訂便當之外，還有很多功能的女主角。

收拾好東西，通通拿到貨車上，準備今晚做生意要用。我將自己份內的工作完成後，又練了兩個小時的鋼琴，這才換好衣服，準備出門。臨走前，我那個幾乎跟失蹤沒有差別，放了好一陣子暑假，但昨天才回到家的哥哥忽然從他房間探出頭，問我是不是要出門，如果沒有，那就把機車留給他。這個不肖子今晚居然打算跟朋友出去鬼混，而且還要徹夜狂歡，他根本就是回來北部玩的。

「機車我要用，不介意的話，儲藏室裡頭有一台滑板車，你可以騎出去沒關係。」我哈哈一笑，理都不想理他。

興沖沖地出門，先在麥當勞買了餐點，然後才轉向上山。如果是賣剩的綠豆湯，拿去請大家喝，那也就算了，但一份麥當勞餐點動輒上百元，我可沒那麼多錢請每個人吃一份。籬笆的工程結束後，接下來就是阿諺答應要幫牧師娘蓋的一座狗屋。那條頑皮的黃金獵犬已經在教會了，但每天居無定所，只能到處竄，也弄得四處凌亂，牧師娘非常希望能趕快有個讓愛犬安身立命的所在。然而當我騎車上山，到了教會門口時，卻發現工作檯附近空無一人，呈現停工狀態，一問牧師娘，才知道阿諺今天去學校了。

沒有打電話，我就在工作檯邊等著，心想反正現在放暑假，學校停課，他就算有事要回去，大概也不至於耽擱太久。然而這一等卻等到下午，就在我快被太陽曬暈，當餐點早都已經涼掉，而可樂也失去低溫後，我這才看見他開著教會的車子回來。

「我以為你今天會在這裡蓋狗屋的。」趕快振作起精神，我提著食物走過去，就在車門邊問他。

「學校那邊有點事，所以比較晚。」下車時，我覺得他似乎有些精神不濟。

「還好嗎？看你很累的樣子，不然今天就休息一天吧？」我笑著提議：「反正那隻狗也搗蛋得夠久了，不差這一天呀。你要是精神不好，工作很容易有危險的。」

撐起微笑，阿諺說他其實還好。走到工作檯前，也很習慣就攤開設計圖，思量著應該從何開始動工。

「你要不要先吃東西？吃飽再做吧？」我想起麥當勞的餐點還拎在手上，然而這一番好意卻沒有被他接受，阿諺有點為難地告訴我，中午在學校已經吃過飯了。

「抱歉哪，因為是跟教務主任在講話，他說要吃飯，我也不好拒絕，」他尷尬地說：「而且我不知道妳今天會帶食物來。」

「沒關係，是我不好，沒有先問你。」真正尷尬的人是我，那個拎著袋子，已經舉起的手只好又放下，看來這漢堡我待會得自己吃掉了。

他端詳設計圖許久，拿起筆來又做了不少修改，我忽然心念一動，問他最近還會不會再到竹南去，如果之前那些木雕作品幾乎都毀於火災了，那麼是否還打算趁著暑假的空閒時間繼續雕刻。然而阿諺卻搖頭，他說一來還沒完成牧師娘要的狗屋，二來暑假只剩下一半不到，竹南那邊受損太嚴重，能否恢復都還是個問題，況且工具也沒幾樣還留著，所以這計畫大概有得等了。

「好可惜，我覺得你應該繼續刻的。」想起那個一直被我帶著的神像，因為始終放在小包包裡隨身攜帶，所以木工場失火時才能倖免於難，而我很想問問阿諺，希望他能夠撥出一點時間，再教我一些雕刻的技術，但願哪天我能夠親手把它刻完。

聊著聊著，幾個教會的人走了過去，見我們在說話，都稍微放慢一點腳步，想聽聽對話內容。待他們走開後，阿諺忽然嘆了一口氣。

「怎麼了嗎？」我納悶地問，今天的他似乎心情不太好。

「妳有沒有發現，每個經過的人都很喜歡朝我們這邊看？」阿諺看著那些人離去的背影，等他們確定聽不到這邊的對話後，才說：「現在大家只要看到妳來，就很自然地想到是為了我。」

這讓我有點語塞，實在很難否認得了，因為我之所以幾乎每天跑來，確實就只是因為阿諺。他說：「但是妳也知道，再過不久，阿純就會回來。」我點點頭，思索著他的意思，阿諺見我沒開口，又說：「所以大家難免都會揣測，究竟妳跟我現在是什麼關係。」

「你是說，我這樣會給你造成困擾嗎？」把話直說，我不想拐彎抹角。

結果他微微點了個頭，「有一點。」

那當下我不知道該怎麼辦，畢竟之前來時，他也沒有提醒過我，而就算教會裡本來就沒有祕密，但那又如何？我們之間清清白白，也沒有什麼私下的苟且，全世界都知道我喜歡阿諺，但那終究是我心甘情願的，他們要插什麼嘴？我很想跟阿諺說，如果兩個人心裡雪亮，又何必在意別人的異樣眼光？甚至我也在想，經過了木工場失火的事件後，他應該很清楚，我對他究竟是什麼程度的在乎，就因為我知道彼此的時間都不多了，所以才更想珍惜這剩下的片刻，難道這也錯了嗎？

滿腹落寞地離開，我一個人騎著機車，就在淡水的郊區閒晃，一路騎到海邊的堤防邊。沒下車，坐在機車上，靜靜地看著遠方。為什麼我好像不管做什麼，都是在給別人惹麻煩？都在無意間添加了別人的困擾？回想起剛剛顯露在阿諺臉上，那既為難又鬱悶的表情，我只覺得自己很糟糕，真的是成事不足，敗事有餘哪我。

這一晚，心裡有太多的懊惱無可宣洩，早早到家，我哥居然也沒去幫忙做生意。懶得廢話，直接把機車鑰匙丟給他。進了書房。一邊上網到處瀏覽，我一邊在想，自己還能做點什麼呢？有沒有什麼是我可以做了之後又不犯錯的呢？懷抱著苦悶的心情，我漫無目的地看著許多網頁，就在搜尋到木雕的資訊時，意外地發現三義那邊正在舉辦木雕比賽，不但獎金豐厚，而且主辦單位是政府機構，他們正在推動木雕藝術，看來阿諺也都符合各項條件。我忽然覺得這個很有趣，而且總該不會又闖禍了吧？當下拿起筆跟紙，將比賽的訊息抄寫下來，隨即拿起電話，看看時間也還不太晚，於是我撥給他。

「我今天下午不是跟妳說過了嗎？最近沒有什麼時間可以做木雕了。」不料接起電話時，他聲音聽來竟有些不悅。

「但是……」躊躇了一下，我還是希望把話講完：「你剛剛可能沒有仔細聽，這比賽的交件截止日期還很長，可以一直到年底……」

「妳知道現在放暑假，但我今天卻去了學校一趟，那是為了什麼嗎？」結果他還是沒讓我講完，卻問了一個很突兀的問題。我靜默了一下，他說：「學校那邊知道我帶妳去竹南，也知道我們兩個人在那裡過了一夜，主任對這件事很不高興，今天特別找我去談談。」

「他們怎麼會知道？是誰去學校亂講話嗎？而且……而且我已經畢業了，況且現在是暑假，也不是正式的上課……」我聽得錯愕不已，連講話都囁嚅起來，這實在讓我感到萬分的莫名其妙，一時間還無法會意過來。

「警察局的筆錄呀，只要是未成年孩子的相關案件，他們都會通知學校，妳才剛畢業，學籍還在這裡，所以校方很快就得知消息了。丁彧，我一天是妳的老師，就一輩子是妳的老師，這是中國人傳統的禮教思想，妳的國文成績很好，應該不會忘記吧？」他說得很硬，但口氣裡卻透露出極度的無奈，我知道他此刻一定非常難過，阿諺在電話中嘆了好長一口氣，掛掉前，他非常沮喪地說：「主任說他會再觀察看看，如果情況屬實，他們也不排除提前將我解聘。當然，我會盡量解釋，也會讓他們知道，其實我跟妳之間，並不如他們所以為的那樣。妳也不用太擔心，應該是不會有事的。只是無論如何，還是要做做樣子給人家看，所以，如果妳不介意，我們可能暫時不要見面比較好吧？」

✤我討厭這世界，因為他們永遠搞不懂，一份單純的愛情究竟可以有多麼單純。

整個人失魂落魄，頹倒在地上，我只覺得錯愕莫名，完全不知道該說什麼才好，熬了整晚，根本睡不著，老女人他們收工回來時，我躲在房間裡，燈也沒開，也沒下床走動，直到他們洗完澡都睡了，這才又點亮小燈，一個人坐在床頭，屈腿抱膝，靜靜地想著這一切的演變，想得淚流不止，始終不能明白，究竟為什麼會變成這樣，也為了自己居然在無意中對阿諺造成這麼多傷害而深感愧疚不已，只是此時此刻，我除了哭泣，卻找不到還有什麼可以做的，最後只能哭到睡著為止。

「難得妳今天不出門。」第二天中午，醒來時，我發現自己眼睛紅腫，又痠又疼，幾乎快要睜不開。客廳裡是老女人正在看雜誌，見我出來，她問我怎麼沒去找阿諺。一聽這話，我就知道老爸肯定不在家，所以她才會跟我說這些風言風語。

「我應該每天去找他嗎？」

「男未婚，女未嫁，為什麼不能找？」

「哈，剛好他就快結婚了。」我苦笑：「妳要是最近沒事的話，最好努力點，多賺些錢，我很快就要來領失戀獎金了。」

老女人把雜誌放下，側著頭，想了想，居然問我為什麼那麼快就要放棄，不再多想想辦法，把這男人搶回來。「給自己多點信心呀，妳的條件一定比較好的嘛，年輕貌美、前途無量，怎麼可以那麼快認輸？」

「妳到底知不知道自己在說什麼呀？」我覺得她已經到了一種唯恐天下不亂的地步了，懶得多說，轉身，我決定去刷牙洗臉。但沒想到老女人竟然也跟進了浴室，就在我叼著牙刷，準備拉下褲子來上廁所時，她又說：「別當是開玩笑，我很認真耶，妳應該把握最後機會，常常去找他的，就約著一起去逛逛街也好嘛。」

「他被我害得連工作都快沒了，再見面只會讓他更為難，算了吧。」關上門來，我一邊尿尿，一邊對著外面說：「而且現在根本不知道該跟他說什麼才好，氣氛會很乾啦。」

「很乾？」她提高了音量：「很乾的話，那妳約他去汽車旅館好了，找個有大浴缸的那種，一起下去泡一泡，泡一泡就濕了，就不乾了。」

聽到這話，我差點沒有掉進馬桶裡，這老女人是不是走路撞到頭，講話這麼語無倫次、不三不四的？正想穿起褲子出來罵人，就聽到客廳那邊傳來一聲我老爸的怒罵：「胡說八道些什麼？妳不看到女兒大肚子就不甘願是不是！」老爸發火，我本該害怕才對，但這瞬間我在廁所裡卻「噗」地一聲笑出來，這愚蠢的老女人，真是活該。

沒有去找孟庭，只在咖啡店裡通過電話，大致講了一下，她也認為非常匪夷所思，按理說，學校實在沒有理由在這時候去找阿諺麻煩，我們都拿到畢業證書了耶，憑什麼還把我們當成國中生呢？

「你們雖然已經離開了那所學校，但是阿諺還沒有呀。」在吧台裡聽我講完電話，已經猜到了八分的靖哥端來咖啡，不過不是給我的，他自己就這麼坐下喝了起來，而我面前只有一杯白開水而已。

「所以呢？你的意思是說，學校其實是在針對他？」然後我指著那杯咖啡，又問：「而且為什麼就你有咖啡，我的呢？」

「他還在學校工作，人家當然針對他，不然呢？這種問題可大可小，萬一他過陣子又跟其他女學生鬧緋聞，那可怎麼辦？學校的面子要往哪裡擺？上次竹南那件事既然鬧到警局去，那學校就肯定會得到消息，這麼一揣測，想也知道跟男女之間的問題脫不了關係，當然要防範於未然。」他點了一根香菸，說：「至於咖啡，妳想喝就自己進去煮，阿諺說妳們都上過他的咖啡研習班，煮杯咖啡應該不成問題吧？」

真是又好氣又好笑，我進了吧台，弄杯焦糖瑪奇朵，靖哥說這焦糖圖案實在很醜，不過淺嚐試喝後，又認為我頗具潛力，居然問我以後要不要來打工。

「想都別想，我才不要當你的工讀生。」而我說。

靖哥叫我別把這件事太放心上，對於阿諺所說的話也可以聽聽就好，他說：「我知道妳一定會很難過，但沒辦法，站在阿諺的角度想，他要妳稍微保持距離，這決定也沒錯，不管你們之間是什麼關係，老師與學生本來就應該有一點點距離，況且現在妳對他的感情確實已經造成了他的困擾，那麼他要有那麼點負面的情緒也是理所當然，站在保護妳跟保護他自己的立場，你們稍微拉開點，甚至暫時別聯絡，這都不見得是壞事。」我靜靜地聽著，靖哥提醒我一個很重要的道理：「別忘了，就算他的身分是老師，但這小子畢竟才二十幾歲，而且是個會有悲有喜的正常人，妳不可能奢望他永遠都是樂觀的。」

莫可奈何，我只能在心裡不斷反芻靖哥的話，他說的自有道理，然而我又豈能真的充耳不聞，完全不以為意？悶著心情，離開咖啡店後，我騎著機車，很下意識地就往以前的國中晃過去，現在是暑假，但還有暑期輔導的學生，也有很多老師在。校門口附近非常安靜，長巷裡幾家平常做學生生意的店面都是休息中，看樣子都跟以往沒有差別。我騎到校門口，本來正在猶豫是否要進去走走，但心裡愈想愈不甘願，不管是學校裡的誰，他們憑什麼拿我當藉口？憑什麼拿我跟阿諺之間的關係來做文章？這一切未免太不公平了吧？一想到這樣官僚的體制，火氣就大了起來，當下也不進去了，我反而啐了一口。正打算掉頭離開，結果都還沒發動車子，旁邊卻有個人說：「這麼有閒情逸致，大老遠跑到校門口來吐痰？」

那當下我一愣，轉頭，那人站得很近，赫然就是我國三那年，大力推動校務改革，帶領學校創設了很多新社團的教務主任。

「雖然我不認識妳，不過看來妳應該還是國中生吧？無照駕駛可是犯法的喔。」講話聲音低沉而有磁性，穿著牛仔褲跟襯衫，才不過四十歲上下，看來很瀟灑的主任，就站在我旁邊。

「我剛從這裡畢業。」

「妳以前對學校有很多不滿嗎？不然怎麼畢業了還要回來，對著校門口吐痰？」他臉上看不出什麼責備，反而很具親和力。

「以前還好，最近畢業後的不滿反而比較多。」

「哦？」他露出了好奇的眼光，問我願不願意對他說說。

「說了就有屁用嗎？」已經畢業了，我可不怕他的身分會對我造成什麼不利，當下講起話來也不怎麼客氣。

「說了可能沒屁用，但是不說就絕對完全沒屁用，不是嗎？」可是他絲毫不以為意，瀟脫一笑，問我：「如何？我有一堂課的空閒時間，如果妳願意說，把車子停好，教務處有不錯的花果茶，我請妳喝一壺。」看著他很寬和的眼神與微笑，想了想，我點頭。

✤ 我願意做任何能為你做的事。

這麼做究竟是對或錯，我完全沒有任何把握，大約花了一個小時左右，將我跟阿諺之間的事概略地提了一下，我特別強調，過去那一年裡，還是學生時，我跟阿諺並不曾有過什麼私底下的交集，就算對他有好感，那也僅止於對一個頗有才華的老師的崇拜而已；畢業之後，無論是在教會，或者去了竹南，在這些相處過程中，他都非常謹守君子分際，兩個人從未有過任何逾矩的行為，當然就更別說是談戀愛了。

主任問我是不是打從心裡很想袒護阿諺，然而我搖頭，這不叫袒護，而是事實，畢竟我們本來就沒怎樣，即使外人可能不懂，但至少我們自己心裡雪亮。我跟主任說，這些事本來沒有對任何人解釋的必要，但如果因此而可能影響阿諺的工作，那我認為就有必要讓該明白的人明白。

教務處裡本來還有一些教職員在聊天，我們坐在待客的沙發區講話，過不多時，那些人也紛紛靠了過來，想聽個究竟。我沒有阻止他們，反正事無不可對人言，當下就把話給說清楚，總好過大家之後又亂猜亂想。

把心裡這些不滿都一吐為快後，主任沉思了一下，點點頭，他沒有做任何評斷，只告訴我，這件事剛通報到學校時，大家都非常詫異，畢竟阿諺雖然沒有負責什麼升學科目的教學，但工藝課也是必要科目，會接觸到的學生甚多，況且他還有工藝社跟咖啡研習班這兩個社團要帶，平常很勤謹認真，而且表現優秀，大家都不認為他是那種會跟女學生有曖昧的人。然而事情發生在暑假，又是在外地，學校想調查實情也有難度，只好趁著校務會議時請他來做說明，畢竟阿諺屬於約聘老師，這對他之後的去留很重要，校方也不能輕忽大意。

送我到校門口，主任說：「無論如何，我很感謝妳今天的說明。」

「我這樣能算得上是解釋清楚了嗎？」還有些不放心，我問主任。

「就妳的立場，應該算是清楚了。但正因為這是由妳的立場所說出來的，所以我們會將之當成一份很重要的參考資料，卻不可以做為決定性的判斷依據。」主任說的是官方語言，但我也聽得出來，他語氣中確實顯露出對我的看法的重視。自認為已經把該講的都說完了，我點點頭，跟他互道了感謝，這才騎車回家。

晚上終於有稍微好睡了點，老女人他們今晚生意很忙，一回家就休息去了，也沒跟我再多說，不過臨睡前，她倒是還稍微提了一下，基測報名分發在即，接下來就是一些學校的獨立報名，如果我要接受老爸的安排，到南部去就學的話，最好快點下決定，以免誤了日期。能不去當然是最好，我在心裡想。而決定我去或不去的原因則只有一個。

從學校離開時，天色已晚，所以隔天中午我才騎車去教會，然而到了那邊，只見狗屋蓋到一半又停工，我很想告訴他，學校那邊的事不用擔心，我已經跟主任報告了大致的經過，相信校方不會再非難他，結果電話正要打，他卻已經先撥過來，問我人在哪裡。

「我在教會，結果怎麼是你不在呢？」帶著開心，我問他要不要先回來，有好消息要跟他分享，但阿諺的語氣卻很嚴肅，反而叫我先下山，約在咖啡店碰面就好。

隱約覺得不妙，也不清楚究竟是什麼狀況，牧師娘一頭霧水地看我騎了機車又離開，大概察覺到什麼不對勁，一向寡言的她也不囉唆，只叫我有事就隨時與她聯絡。

不供應餐點的咖啡店，在中午時候顯得冷清，我一到店裡，看見靖哥正要出門，打個招呼，他開車離去，裡頭只有阿諺一個人坐在小沙發上抱頭沉思。

「我說大小姐，妳到底在做什麼呀？」充滿無奈的口氣，他問我怎麼會跑到學校去，還跟主任說了那麼多。

原本就是想提這件事的，但看來他已經知道，只是不知怎地，兩個人的情緒反應卻差很多。我心中犯疑，莫非主任的理解與傳達上出了差錯？但想來應該不會才對，畢竟當時他是很明確地表示了看法，說要仔細參酌我的說詞的，總不會誤解了什麼才對吧？

「本來呢，校務會議上，主任提到這件事時，我說這是誤會，妳跟孟庭只是找我學木雕而已，既然要學木雕，當然我會帶妳們去竹南那邊，在木工場實地操作，整體環境比較適合。火災發生時，妳們之所以在現場，也是因為求好心切，想早點完成作品，而且為了讓我有個驚喜，所以偷偷從台北下去，沒有通知我，也沒有事先稟告家長，因此才會被警方錯以為是離家出走。會議上，原本這套說詞已經可以交代得過去了，怎麼妳會忽然跑到學校去，又說了另外一套呢？」嘆了好長一口氣，他抬起頭來，而我心裡則連叫了好幾聲糟糕，看樣子弄巧不當反成拙了。

「昨晚主任打電話給我，說今天有事要談，我就覺得一定又哪裡出了問題，沒想到早上一進教務處，他就問我這兩套版本，到底他該相信哪一個。」阿諺整個肩膀都垮了，幾乎是癱在椅子上，用著疲軟無力的聲調，他問我：「糗了，現在怎麼辦？」

怎麼辦？這真是個好問題，我完全沒想到居然會有說詞鬧雙包的窘境，當下也愣在原地，不知如何是好。阿諺搔搔頭，很懊惱地說：「唯一慶幸的，是主任沒有當著所有人的面來問這問題，總算給我留了台階。但問題是，他叫我寫一份完整的事發經過，當作報告給他。可是我不知道這報告現在應該怎麼寫。妳有沒有什麼好主意？」

「對不起……」我慌了手腳，只吐得出這三個字來。

「叫妳來，不是為了聽妳道歉的，該如何把問題解決才是重點。」滿臉沮喪地站起身，走到吧台裡，打開冰箱，才大中午，他卻喝起了啤酒。

「不然我再去找主任，跟他說這一切都是我情急之下才胡說八道的？」想不到什麼好辦法，我只能出此下策，但阿諺卻搖頭，叫我別把大家都當成三歲小孩，這一招肯定是行不通的。「不然我該怎麼辦才好？」莫可奈何，我問他。

「如果妳真的很想幫忙，那我告訴妳，辦法很簡單，就算天塌下來，妳也什麼都別管、別問、別做，這樣就好了。其他的我會搞定，拜託行行好，就幫這個忙就好。」他用非常受不了的語氣交代。這辦法很實際，卻讓我的心情降到谷底。

愁眉苦臉中，看著阿諺懊喪至極地走了出去，我已經完全亂了方寸，怎麼會連這種事都搞砸了呢？這實在沒道理呀！換作是任何人，相信也都會這麼做的吧？為什麼偏偏我這麼做，卻是給阿諺扯後腿呢？滿腹的納悶與焦躁，又有種很想哭的感覺。但我知道哭泣解決不了問題，只會讓阿諺更心煩。只是，我現在真的很無力，是不是真的乾脆丟下一切都別管別碰，讓阿諺自己去處理，搞不好問題還比較好解決？

「怎麼只有妳在？」焦頭爛額地，我本來也想去冰箱拿瓶啤酒的，卻看見嘉愉姊走了進來。

「靖哥出去了，應該等一下會回來。」我說。

「我剛剛看到阿諺一臉倒楣地走了過去，現在妳的臉色也很糟，怎麼了嗎？」也走進吧台裡，把肩膀上的包包放好，她倒了一杯檸檬水給我。

「我在想呀，是不是應該去找個廟來拜拜，或者去算算命、改改運，我大概卡到陰了，不但自己諸事不順，還連累別人一起倒楣。」我說。

「妳確定這樣有效？」差點沒笑出來，嘉愉姊說：「姑且不論我是不是基督徒，但不管怎樣，現實中的問題還是應該在現實中找到解決之道，這才比較實際吧？」

「不然怎麼辦呢？我已經盡力了，但真的不知道問題出在哪裡呀，就算是好心想做點什麼，也會變成扯人家後腿。」嘆口氣，我說這實在很荒謬，居然可以倒楣成這副德性。

「那不是倒楣，只是妳不見得用對方法而已。還記得我告訴過妳的嗎？妳的生活圈與所經歷的都還有限，遇到一些狀況時，儘管妳已經用自己的觀點，去做了自己認為最適合的處置，但結果卻可能完全不如預期，甚至適得其反。然而那也不全然都是妳的錯。畢竟這原本就不是妳現在的能力所能處理得好的。」嘉愉姊自己也喝了一杯水，又說：「雖然不是很清楚究竟發生了什麼事，但我想，也許妳不必多做太多超出自己能力範圍的事，衡量自己的能耐，別把什麼都往身上攬。有空多禱告，上帝總會在不經意處給妳指引的。」

「如果祂沒給怎麼辦？」我很懷疑這種近乎虛妄的說法。

「祂一定會給的。」嘉愉姊非常篤定、很有信心地說：「用心想，找到那種回歸初衷的感覺，這樣就夠了。」

❖如果上帝真的會給指引，嘉愉姊應該就是帶來訊息的天使了吧？我猜。

一個預期中的學校，算是還在估測的範圍之內，卻不是我認為理想的。在台北市的東南邊，非常尷尬的距離，以後通車也不是，外宿也不是，總的來說，就是個麻煩二字。老爸當然不滿意，畢竟國中三年，我的成績一向不差，可偏偏就是考運很爛。然而話又說回來，第二次基測前我幾乎都沒讀書，這當然也是主要原因之一。

「我已經懶得管妳了，自己看著辦吧。」出門補貨前，老爸在玄關，只瞧了我一眼，搖頭嘆氣：「機會不是沒有給過，自己如果不肯把握，家裡條件再好也沒用。去不去，自己想清楚，要的話，後天一早去報名。」

坐在餐桌前，我始終低頭不語。捫心自問，我真的一點都不在乎高中要讀哪一所學校，就像他出門後，老女人走過來對我說的：「選學校不能只考慮升學率，環境也很重要。想念書，到哪裡都可以念，但問題是妳要確定自己不會後悔，畢竟一個學校，一待就是三年，挑個會讓自己開心或安心的環境總是比較好。」

我知道她這番話背後的意思，昨天中午，我國中的導師居然來家裡拜訪，想當然耳是為了跟阿諺有關的事。老女人擺出一副「我家的事情，誰也管不著」的態度，拒絕透露任何訊息，而我也躲在房裡，假裝自己不在家。老師說的那些，其實老女人都一清二楚，她也跟我有一樣的想法，認為無論有沒有談戀愛，那都是兩個人自己的事，實在輪不到外人置喙，況且從頭到尾，我都沒有追到阿諺，既然男老師誘拐女學生的事實並不存在，誰也沒吃虧，那學校到底要計較什麼？

還有兩天時間，就剩下最後這兩天，我必須自己做出決定，要留在台北，還是去南部。似乎是到了我應該再跟阿諺談談的時候了，然而能怎麼談？現在的情形變得好尷尬，我似乎每天都在給他添麻煩，這時候還要拿這問題去煩他嗎？前幾天，想說他都沒跟我聯絡，也不知道學校那邊的情形究竟如何，所以我打電話給孟庭，請她幫我問問宗杰，確定教會的裝修工程還沒結束，阿諺依舊每天都會過去，我特別從山下買了飲料，想送上去給大家喝，當然就順便探探他的口風，不料才到教會門口，就看見教務主任跟阿諺一起走出來，碰到面時，他們臉上的神色實在難以言喻，阿諺是一臉尷尬，還外帶幾分為難；主任則是瞠目結舌，不知道自己該怎麼想才好的樣子。要不是牧師娘聰明，直接走過來，一把接過飲料，還當著大家的面稱讚我受命採買的速度快，那當下可能又要糗一次了。所以大概也就是因為這緣故吧，主任才會派我國中時的班導師來家裡探訪，想知道我們是否還有什麼隱瞞。

思之及此，我真的很猶豫，究竟該不該又上山去找阿諺？躊躇許久，始終難以決定，晃回書房，我無奈地打開電腦，四處亂逛網頁，先查詢了一下南部幾家我爸提議的學校，沒什麼可比較的，反正都是很遠的地方，台南或高雄，其實一點差別也沒有。看完學校介紹，我又看起木雕比賽的網站，阿諺說他沒時間再刻，也沒心情去參賽，但左看右看，我卻覺得不參加未免可惜，而且木工場失火雖然不是我直接造成，但終究規避不了責任，如果因此害得他從此不再雕刻，那豈不是罪莫大焉？一邊看，一邊想，我忽然靈機一動，如果他最近沒有雕刻的心情與時間，而竹南那邊的舊作又都已經毀於一旦，那是不是還有其他地方放有可以去參賽的作品呢？很直覺地，我想起了教會後面的那個小房間，裡頭也有好幾件阿諺以前的作品，雖然不到完美的境界，但在我眼裡看來，那種抽象式的雕刻風格所呈現出來的意境，卻是非常動人的。一想到這裡，我整個人精神都來了，好不容易，耐著性子等到傍晚，教會的裝修工作肯定結束了，我這才騎著機車出門。

「妳確定這樣真的好嗎？」聽我說完來意，牧師娘微微皺眉。未經阿諺的允許，就拿他的作品，用他的名字去參賽，似乎顯得有些造次，為人老成持重的牧師娘當然會猶豫。

「如果可以入圍，至少是給他一個鼓勵吧？」我說：「阿諺最近的狀況很不好，而且有很多因素是來自於我。我真的覺得很難過，好像無論自己做什麼，到最後都會給他添麻煩，害得他頭破血流。」

「既然這樣，那妳還要擅作主張，讓他去參加比賽？」

「老實說，我也不知道後果會怎樣，然而我相信，只要存著善意去做，不管結果怎麼樣，我都對得起自己的良心，也對得起一直在觀照著我們的主，對吧？」我說。而牧師娘直視我的雙眼很久，最後也點了點頭。

小房間裡的作品不多，但我印象很深刻的是他那一尊擺出練拳架式的僧人雕刻，雖然沒有細緻的雕琢，但線條剛毅，呈現出很強大的力道之美，我非常喜歡。走進小房間，其他的也不必多看了，當下我就把那尊雖然只有到我膝蓋的高度，卻還頗有重量的木雕給捧了出來，載到機車上。趁著沒什麼人發現之前，趕緊運下山去，一路上小心翼翼，唯恐有任何損壞，也多虧了山下的便利商店就有貨運服務，我才能趕在貨運收件截止前，及早將木雕作品寄送出去。

看著那張宅配的貨運單，我自問這麼做究竟好不好、對不對，卻沒有標準答案。把心一橫去想，反正捅的簍子也夠多了，其實不差這一次，但如果做對了，至少我可以幫阿諺找回一點他已經好久不見的笑容。

孰不料，作品才剛寄出而已，第二天中午，就接到主辦單位打來的電話。對方非常禮貌，但問的問題卻很奇怪，他想知道阿諺這次之所以參賽的理由。我聽得納悶，怎麼連這都要過問，那個人笑了笑，才解釋說，原來阿諺的老師，也就是被火燒毀的木工場的舊主人，其實正是主辦單位的顧問之一，三義那邊的木雕藝術有分幾個特色的派系，誰是誰的弟子，其實大家約略都曉得，阿諺他老師以前就很希望自己的學生可以參賽，但徒兒卻興趣缺缺，這種事情勉強不來，只好拖到現在。這次阿諺從頭到尾都沒有跟老師聯絡，當然原本也料想他不會參加，沒想到今天早上卻收到他的參賽作品。可是一看寄件人資料又不太對，怎麼會是個叫作丁彧的人，所以他們才打電話來詢問。

當下我只覺得自己該不會又闖禍了，戒慎恐懼地問了一下，是不是這樣會違反參賽規則，結果那人又笑了，他說這是因為阿諺的老師感到好奇，所以才想了解了解，基本上，主辦單位不會過問這種背後的緣由。

「所以這個問題妳可以不用擔心，但是也請丁小姐最好是跟李先生確定一下，以免日後有什麼糾紛。」他笑著說：「當然，我想應該是不會有什麼糾紛的，我們今年的新秀獎，截至目前為止，至少收到了一百多件作品，坦白講，這件《武僧》的水準，是讓人非常讚賞的。」

聽他這樣講，我才總算是鬆了一口氣，而他的建議也是對的，拿著阿諺的作品去比賽，總不可能完全瞞著他，所以掛上電話後，我立刻又撥給阿諺，但不知怎地，連續好幾通，全都轉進了語音信箱，最後逼不得已，我只好騎車出門。

很舒服的天氣，晴朗無雲，難得不會太熱。我覺得心情很好，這是最近這陣子以來，極少數的開心片刻。或許上帝真的在冥冥之中給了我指引，讓我在歷經了一連串的倒楣事情後，終於有撥雲見日的契機。

經過幾個大馬路口，確定都沒有警察臨檢，我不敢超速，也不敢闖紅燈，這時候千萬別再多生枝節，沿著小路上山，路旁是阿諺花了好長時間，才終於裝釘完成，而且也粉刷好的白色木製圍籬。到了教會，停車場旁邊擺放著完工的狗屋，那隻活潑的黃金獵犬卻不見蹤影，大概是跑到附近去玩了。我停好車，從車棚旁邊走進去，但疑惑的是裡頭居然沒人。再到牧師家去按按門鈴，竟也無人回應。一頭霧水，我想拿出電話再找找看，或許有人可以告訴我，究竟大家都跑哪兒去了，怎麼偌大一個教會，居然大白天就唱起空城計。孟庭的電話直接進入語音信箱，阿諺依舊沒有接聽，我納悶著，只好又走出來，心想既然如此，不如留張紙條，看誰發現了再跟我聯絡，結果就在我打開包包，打算掏出筆跟紙時，卻看見一部箱型車開過來，那是教會的專用車，車一停妥，開門處，下來的人卻讓我傻眼。牧師開車，牧師娘坐在副駕駛座，中間那排，先下車的是阿諺，還沒發現我就站在教會門口，他先打開後面的車廂蓋，提出了一個好大的行李箱，然後車門那一邊，走下來一個長髮飄逸的女孩子，大眼睛，很漂亮，臉上掛著非常適合這個艷陽天的燦爛笑容，她是我只在照片中看過的女子，阿諺的未婚妻。

✤從此，我討厭艷陽天。

「為什麼不先打電話給我？」

「看看你自己的手機，先確定你有幾通未接來電，看清楚之後再來問我這個問題還不遲。」口氣也不怎麼好，我說。

我知道自己不該這樣子，本來他就沒有義務要隨時盯著手機等我打來，而接連幾通電話，我也不是想找人吵架，而是急著要告訴他關於比賽的事。然而，這一切的熱切，在看到阿純後，全都很本能地消散無蹤。我知道這樣不對，這個醋吃得未免太過莫名其妙，但我卻控制不了自己的情緒，完全不行，那種感覺就像是原本痛快狂飆的雲霄飛車，在快速圈轉到最激烈時，居然發現前面的鐵軌斷裂，整輛飛車就這麼脫軌而出，在極速下失事墜毀。

牧師娘介紹了一下，我這才曉得，阿純原本預定的行程略有改變，那是為了配合她南部老家那邊的計畫，她才剛回到台灣，休息沒兩天，就又要跟家人到日本去旅行，也因此，她在台北停留的時間很短暫，剛把行李箱裡要分送給大家的禮物發完，接著就又上車，一些台北的朋友都等著給她接風洗塵，一整個好不熱鬧。

「你不陪著一起去嗎？男朋友？」口氣酸冷，我說。當時眼見不是我的場合，所以很快就告辭離開，結果還沒到山下，阿諺卻開著靖哥的車追過來，所以我把機車停在路邊的便利商店外面，跟他上車，也想不出來能去哪裡，所以一路又開到我曾帶阿諺來過的海邊堤防。

「都是她大學的同學，那群人我不是真的很熟，一起去，她又要照顧我這邊，兩頭麻煩，所以算了吧。」爬上堤防，在上頭走著，阿諺解釋著。

「我以為久別重逢，應該是男女朋友最想膩在一起的時候。」

「阿純這個人比較特例，對她而言，生活絕對不只愛情而已。」阿諺說這話本來只是在敘述阿純的個性，但在我聽來，卻覺得意有所指，好像我就是那個除了愛情之外，什麼也看不見的人一樣。

「所以你才有時間陪我，是嗎？」

這句話明顯讓阿諺頗為不快，但他調整了一下自己的呼吸，把這些情緒都按下，只問我究竟發生了什麼事，為什麼急著找他。

「沒什麼，只是有消息要跟你說一下，」我拿出包包裡的參賽報名文件，遞了過去，說：「這是我最後一次這麼雞婆，如果你還要生氣，那就生氣吧。」

接過文件，他好奇地打開來看，原本疑惑的表情卻漸漸變得沉重。看完後，他問我

《武僧》是不是教會那小房間裡的雕像。而我點頭，跟他說這件事是經過牧師娘同意的，因為作品沒有標註名稱，所以參賽時，我才自作主張給它取名叫作《武僧》。

「我的天哪，」他倒吸了一口氣，整個人都沉了下去，凝眉又看了那文件一次，這才問我：「妳知道為什麼我從來不曾參賽嗎？自己的技藝程度是一回事，有沒有時間為了比賽而雕刻，那也是另一回事，最主要的原因都不在此。大體上而言，任何一門技藝或藝術，都會有所謂的師承門派。大學時候，我跟好幾位老師學過雕刻，每一家的專長與風格都不盡相同，就算同樣是抽象派，多少也會有些不同的講究之處，所以使用的工夫也會有點不同，這些雖然不是什麼不可外傳的獨家訣竅，但至少總是自己的專長，不希望跟別人的特色混在一起。而理由可以解釋成老師傅希望自己的長處得以保留，不輕易外傳，但也可以說是避免衝突性的風格混在同一件作品裡，造成相對扣分的負面效果。

「可是我不這麼認為，對我而言，多學一點總是好事，也不必忌諱誰跟誰的特色有所衝突，每個人都可以在認識各家特色後，選擇自己真正喜歡的路去走。這個觀念，我跟以前的老師有過分歧，本來他很不認同，而且撂下話來，如果我堅持要學那麼多種技法，那就別出去參賽，或者參賽時，別告訴別人說我是他的學生，甚至也不准我在雕刻時使用他傳授給我的技術。」

「可是主辦單位說，你老師這次很高興。」我有點不解。

「那是因為那尊打拳的僧人是我很久以前雕的，那時我就是在跟這個師傅學雕刻，所以用的只有他的觀念與技術，沒有摻雜其他的風格。」阿諺搖搖頭，嘆口氣，說：「所以他當然會很高興，因為他以為我想通了，也接受他的觀點了。可是他不會知道，我之所以用這件作品去參賽，純粹是在不知情的狀況下使然，也就是說，妳在無意間替我貼上了一個屬於某某派系的標籤了。」

我聽得愕然，簡直匪夷所思，這些事，阿諺以前從來沒有說過，我根本不會想到這些層面去。說完，他皺著眉頭，無奈地問我：「為什麼妳要這麼做呢？在妳還不知道雕刻對我而言所具備的真正意義之前，為什麼要自作主張，去替我報名參賽呢？我當然知道自己的老師在主辦單位當顧問，靠著這份關係，如果參賽，一定可以拿到不錯的成績，但為什麼我不參加？妳猜得到嗎？」用非常難過的語氣，他說：「因為我覺得能用自己的雙手雕刻出一個想像中的什麼，那是非常自由的創作，而這份自由的樂趣，實在不該被歸類在什麼類別或風格裡。我只想雕刻出自己喜歡的東西，那些東西連作品都算不上，它們就只是我天馬行空的樂趣而已。而且除了雕刻之外，我還有很多事可以做，未必需要拿著雕刻刀過日子，這樣妳懂嗎？」

「但是你不能永遠只關在小房間裡自己雕刻呀！而且為什麼不雕刻了呢？你明明有那樣的才華，我就是喜歡看你認真做事的樣子，那就是你最好看的時候呀！」兩個人走走停停，不知不覺間已經相隔了七八步的距離，我說：「如果我跟你的事，學校始終不諒解，甚至要將你提早解聘，那你不就失業了嗎？要是這個比賽可以得獎，至少還有一筆獎金……」

「那妳怎麼不反過來想想，學校那邊為什麼會不諒解？為什麼不想想，原本可以順利弭平的風波，怎麼又掀了起來？為什麼不想想，究竟妳的那些自以為，造成了我的多少困擾？什麼叫作最好看的樣子？那能代表什麼？那只是妳一個小女生幼稚膚淺的想法而已，難道我要永遠活在妳這麼天真的想像世界裡嗎？」打斷了我的話，他爆發的情緒讓我停下了原本要走近的腳步。

「我跟妳說過，在我把狀況解決之前，暫時不要聯絡，而妳不聽，不聽也就算了，反而還跑到學校去，自以為是地說了那些話，讓全世界都反過來以為我在說謊，也認為我故意唆使妳去學校編織故事，這樣還不夠嗎？」阿諺嚴厲地說：「教會的每個人都認為我們之間絕對不單純，否則妳不會每天跑來，任憑我說破了嘴，他們都不相信，要不是牧師娘替我擔保，大家本來還打算罷免我在教會裡的執事工作，為什麼妳卻始終不肯收斂一點？妳以為妳真的能夠替我做什麼？拜託，真的夠了，我只是不想這樣殘酷地當面對妳說而已，事實上就是：妳其實什麼都不行，只會造成我的困擾，懂嗎？」

「可是我真的不是故意的！」情急之下，我帶著嗚咽叫嚷：「我知道你有自己的打算跟安排，也盡量不去妨礙你，可是我是真的很喜歡你，比你想像中的喜歡還要喜歡，就算能力有限，就算每次都不小心造成反效果，但我還是很想多替你做點什麼，這難道你不明白嗎？那真的不是故意要害你的！」

「明不明白又如何？那也不是故意不故意的問題呀！小姐，妳什麼時候才要接受現實？現實是我快要結婚了，結婚的意思就是，從此以後，我不會也不能再對其他人有戀愛般的感情，妳懂嗎？」他的聲音也不小，情緒激動地一面說，一面走過來，「我不要妳為我做這麼多，根本不需要，因為這些都不是妳應該做的，妳明白嗎？可是不管我怎麼對妳說，無論是客氣地講，還是嚴肅地拒絕妳，妳卻始終都不死心，為什麼？為什麼妳這麼不聽話呢？」

「那是因為我愛你！」然後我大叫：「你可不可以也聽清楚，一次就好，我是認真地想要跟你說：李政諺，我做這麼多，都只是因為我愛你！」

「拜託不要愛我！妳也不應該愛我，這些事已經夠讓人煩的了，妳還要拿愛情來煩我嗎？」走到很近的距離，他怒斥著：「求求妳，如果真的那麼好心，可不可以請妳幫我最後一個忙，請妳停止那些多餘的愛，滾遠一點，離開我的視線，別再讓我看見妳！妳知道嗎，再看見妳，我只覺得厭煩跟多餘；再看見妳，我只會為了妳的多事而為難；再看見妳，我只會很討厭妳！」好痛的幾句話，好嚴厲的語氣，我早已經哭得不成人形，而他走過來時，激切至極的斥喝，原本讓我錯以為他會舉起手來，直接打我一巴掌，或將我推下堤防去的，但沒想到阿諺走到我面前時，他完全沒有停下腳步，那憤怒與激動的神情離我好近，可是他卻忽然一把將我抱住，很緊很緊。

「我不能再看見妳，真的不能再看見妳，再看見妳，我會沒辦法繼續欺騙我自己，說這些有多麼讓我不屑一顧；再看見妳，我怕那些妳辛辛苦苦為我做的一切，我會無法再視而不見；再看見妳，妳只會在我心裡住得更深、更深……」他哽咽地說著，在我們緊緊擁抱時。

✤沒有你的未來，就不是我想要的未來了。

好遠的雲霞遙遙，有夕暮漸沉，南國哪，你怎解得我夢迴時難言的惆悵。
那年的青澀裡有愛有痛，有邊緣間無法呼吸的悸動，
有我不肯醒來，只願沉睡於夢中的花園。

太短了呵，那一日間的幸福。
掙不脫塵世枷鎖的人哪，你遠走後，請記得那輕狂於愛戀時，我的吻。

我們誰也不知道，究竟未來會是什麼模樣，於是只好在還能把握的這當下，努力追索一點自己所能掌握的，好好品味，以便留給明天，當作最美的回憶。儘管這能掌握的，其實不過就短短一天而已。

台南好遠，我說長這麼大才第一次來，感覺很悲哀，但阿諺卻反問我：「長這麼大？是能有多大？也才十五歲哪！」十五歲不算大嗎？難道要像老女人那樣才叫大？不對，瞧她經常偷偷摸摸在浴室裡拔白頭髮的樣子，那不叫大，那叫作老。

一大早就出門，沒有多餘的時間可以在西濱道路上慢慢閒逛，一上高速公路，阿諺就努力踩油門，他答應我最後一個任性的要求，這次真的是最後一個，因為這個要求實在太任性，他沒辦法答應第二次。

先到台南，下交流道後，車子走走停停，他經常要停下來翻閱地圖，我這才知道，阿諺原來是個超級路癡，我都看出來哪條路是剛剛走過的了，他還要翻開地圖再確認一次。

「等你找到學校，我看報名也已經結束了。」莫可奈何，我把地圖搶過來，確認一下目前位置，幫他規畫出新的路線，這個笨蛋開了快一個小時都找不到，我卻只花二十分鐘就讓車子停在校門口。

報名很簡單，因為是私立學校的單獨招生，所以手續也不複雜，只要帶著國中畢業證書跟基測成績單，很順利就完成手續。阿諺問我離開這麼遠，要是想家怎麼辦？

「你大概距離青春期實在太久了，」我說：「不知道這年紀的年輕人都巴不得離家愈遠愈好嗎？」

算不上心甘情願，但至少我自覺在淡水已經沒有任何遺憾，也是時候該到一個新的環境開始新生活了。當我回想起那一天，在海邊的堤防上，他緊緊擁抱我時，透過衣服傳過來的溫度，以及他滴落在我後頸的眼淚、他呼出的氣息，我只覺得，如果生命就剩下這短短的一分鐘，我都會甘心就死，因為至少這一瞬間，我跟他是真的擁抱在一起。

去了孔廟、延平郡王祠，也去了赤崁樓，還喝到好喝但其實有點太甜的冬瓜茶，順便吃了度小月，阿諺對這些地方並不熟悉，多虧我出門前有先做好功課，才知道台南有哪些地方可以去。逛完市區的古蹟，我們又往海邊走，去了安平古堡跟億載金城。老實說，兩個對台灣歷史都沒有深刻了解的人，在這些地方實在沒有什麼觀察力或想像力，倒是阿諺很仔細留意著那些古老建築的木雕藝術，一邊看，也一邊解釋。當他很努力在講解中國傳統木雕的高明之處時，我鴨子聽雷，只覺得他很帥。這就是我當初會喜歡上他的原因，這個男人專注時的表情實在太帥了。

「妳一點都不認真耶。」從億載金城出來後，坐上車，我們不再貪趕路程，卻沿著斷斷續續的西濱公路往北走。一路上都是魚塭或墳墓，路很大，車不多，但我們前進的速度卻很慢，左邊的天空有太陽漸斜，看樣子再晚一點應該有瑰麗的晚霞可看。本來還在聊木雕藝術，阿諺卻忽然說：「我有發現喔，妳都聽得心不在焉的。」

「反正聽那麼多，你也不會正式收我做學生，甚至你連雕刻刀都不讓我玩。」

「妳資質有限，做做唱片架或衣架還可以，木雕就免了吧，而且人家拿著雕刻刀是雕木頭，妳是雕自己的手。」嘲笑我，他說：「雕木頭妳是菜鳥，雕手的話妳倒是行家。」

「幹。」於是我打他。

「女孩子不要說那麼多髒話，這樣不好。」阿諺提醒我，以後在台南讀書，那可是天主教學校，自己的言行舉止得多注意些。我很想回他一句：既然那麼擔心，那不如他乾脆也搬來台南照顧我就好。然而這句話沒說出口，對於不可能的事，我們也就別提了，那只會讓彼此都難過而已。

夕陽很美，整片的晚霞燦爛，一大片橘色光芒在遠近厚度各不相同的雲層中掩映出好幾層的色彩，當太陽終於沒入了海平面時，我們才又上車。站在路邊看夕陽好像很蠢，但我覺得很浪漫。就這一天而已了，還能多要求什麼呢？夕陽真的很美，但可惜時間太短促，那不就像我們的愛情？背靠在車門上，我輕輕握住他的手，阿諺微微瞇眼，看向很遠的遠方，而我也不說話，這一刻早已無需言語，我們這樣就很好，我很滿足，而且覺得自己非常幸福。

「南部天氣熱，記得多喝水。」上車後，他灌了幾口礦泉水，把瓶子遞給我，原本是要我幫忙旋上蓋子的，但我卻跟著也喝了起來，他看我一眼，莞爾一笑。

「不要真把我當成小鬼了，拜託。」

老女人說這是個很重要的日子，衣著絕對不能隨便亂穿，原本她還去自己衣櫃裡找出好幾套衣服要給我，但那種康熙時代的衣服怎麼可能還有人要？所以最後我還是穿了自己的小洋裝。然而老女人非常有意見，她說這裙子實在太短，整條大腿都露在外面，倒不是怕阿諺看了會起什麼色心，她比較擔心的是這暑假我運動不夠，整個人稍微胖了一點，兩條豬腿會嚇壞人家。

小洋裝很漂亮，紅白相間，攬鏡自照時，我覺得很成熟，一點都看不出來這是小女生的衣服，但可惜就是頭髮糟了點，燙得像小丸子她媽媽，不過也將就了，畢竟時間不多，沒辦法一一準備，而且再過不久就要開學，在一個有髮禁的天主教學校裡，設計什麼特殊髮型都是白搭，進去以後還是得燙回來。

「再怎樣也改變不了妳還未成年的事實呀。」他笑著說。

「我們來假設一下好不好？這次你不可以再推推拖拖，要老實回答。」我說：「如果有一天，我是說『如果』，要是以後，聽清楚了，我說的是我滿十八歲了的那種以後喔，你跟阿純最後沒有結成婚，也沒愛上其他人，而我們又碰面了……」

「會。」結果他沒等我說完，原本握著方向盤的手伸過來輕輕地握在我的手上，眼睛還看著前方的路面。

有這樣一句話，其實我就心滿意足了。儘管那是個太遙遠的夢想，但無所謂，人本來就是依靠希望而活著的。而且無論那是真或假，我也都不在意，假希望總好過沒希望。

車過竹南，我們轉出快速道路，往海邊的木工場去。火災過後，他回來整理過幾次，但受損實在太嚴重，而且裡頭的工具也幾乎毀傷殆盡，所以以後應該不會再在這裡工作了。因為天色已晚，看著原本的小徑變得野草叢雜，我遠遠望著已成廢墟的小屋影子，心中無限感慨，那是我多麼美的回憶呀，而今卻已面目全非，只剩下存在心裡的一點點紀念。佇立良久，阿諺拍拍我的肩膀，說：「別難過，人生就是這樣，很多東西，不管妳多麼極力想要維護，但上帝說要收回去時，祂就會收回去。」

「真小氣。」

「但是祂帶走一樣東西，也就會給妳另一個不同的呀，只要用心感受，就會發現的。」阿諺說，而我也輕握住他的手掌。或許這就是了吧？

一路北返，我本來強撐著精神的，卻還是抵不住睡意的侵襲，就這樣一路睡到過了關渡橋。醒來時我扼腕不已，怎麼可以在這麼重要的日子裡，把最該珍惜的時間給浪費了？

「你為什麼不叫我？」嗔怪著，我問他。

「因為妳睡得很沉呀，還打呼耶！」

「狗屁！怎麼可能？」

啐他一口，但我們卻都笑著。多像七月初我們剛熟絡起來時的感覺哪！沒有負擔，沒有心裡的結，沒有那些後來的風風雨雨。我很感慨，為什麼當我們能夠再回到這樣的融洽時，卻已經是故事的尾聲了呢？這是緣分的問題嗎？還是我真的企圖挑戰一個不可能的任務，才讓大家遍體鱗傷，才讓我們最後走到這一刻？可是話又說回來，後悔嗎？其實我一點都不後悔，與其始終保持沉默，最後就讓這份感情無疾而終，那我寧可風風雨雨，努力地讓他明白我的心思，拚命去證明給他看，一個十五歲的女孩，一樣有為愛癡狂的信念。儘管結局真的很令人感傷，但至少我得到了這一天。就一天，他關掉手機，排除所有的瑣事，只為了我。

一邊想著，車也慢慢接近淡水，心情變得好沉重，彷彿白天那晴朗艷陽的好天氣，全都只是一場短暫的夢，一醒，就什麼都沒有了。我看著車窗外不斷掠過的風景，看了好久，這才問阿諺會不會急著要回去，如果不急，我還想看海。

「我們今天看了一整天的海了耶。」

「不同的時間，看不同的海，會有不一樣的感覺呀。」而我說。

因為這樣，所以即使已經接近我家巷口，車子卻沒有轉進去，反而開到堤防邊。海風輕輕，夏天已經過去一半，按理說應該正熱，但今晚卻還好，也沒有平常那麼悶溽。這次我們就不爬上堤防了，停下車，沿著只鋪了水泥的小徑走上一段，我跟他說了聲謝謝。

「不用謝，這其實沒什麼。」

「可惜時間很有限，不然我們就去更遠一點的地方。」

「更遠的地方？比如呢？」

「花蓮呀，或者綠島呀，好像都不賴。」我說。

「怎麼全是我以前說過的地方呢？」

「因為我都沒去過呀。」笑著，那是阿諺的心願，他以後想去花蓮的省道邊開個小咖啡館，順便種種菜，這些我都還記得。「不然去其他地方也可以呀，去墾丁也好，台東也好，或者宜蘭也好。」

「妳直接說環島就可以了嘛。」他笑了出來。而我也笑著，是真的可以去環島了耶，老女人說過，除非失戀，否則她絕對不會資助我做這樣的旅行，現在可好，還真是名正言順。阿諺說他大學時去過一次綠島，有個印象深刻的地方，叫作牛頭山大草原，從那草原的盡頭看出去，大海跟天空是一樣的顏色，一樣的美，美得彷彿可以讓人忘記悲傷。還說如果以後有機會，我也可以去看看。

「我會記得的。」而我說。小徑沒有很明亮的照明，只有每隔好一段距離，才一盞白色的路燈。蟬聲唧唧，混著海浪聲，迴盪在我們四周。走到盡頭的轉彎處，我們這才又轉身，慢慢晃回來。

「換我問妳一個問題，」像是想到什麼，阿諺說：「反正妳老愛拿一些假設性的問題來問我，那現在可好，換我問妳，如果明知道結果還是這樣，那妳一年前，看到我在工藝教室摺紙飛機時……」

「會。你也可以不用問了。」我微笑。

我明白，人生有很多時候，明知道結果不可能如意，甚至自己也不斷勉強自己要割捨或放棄，但感覺一旦萌生，就很難徹底斷絕。這一年來，我不是沒有想過要放下，可是從沒一次能真正做到，甚至到了現在，我也還在汲汲營營，想要把握這最後的一分一秒。

「老實說，本來我真的覺得自己不可能會喜歡妳。」走著，阿諺忽然又說。「我們的年紀有差距，身分關係很特殊，而且各自都有各自原本已經盤算好的未來要進行，中間居然會走了一條岔路，這真的很讓人難以相信。」

「但結果偏偏就是這樣，不是嗎？」

「是呀。所以我一直在說服我自己，跟自己說這只是小女生天真的感情，絕對不會太長久，所以不必太放心上。但沒想到，妳真的是阿笨，還笨得很執著，執著到我不得不承認自己真的被妳感動了。」他苦笑。兩手相牽，慢慢走回到車子旁，阿諺說：「可是，今天過後，妳就要好好保重自己，別真的把自己當成阿笨，再幹那些傻事了，好嗎？」

「好。」我點頭，眼眶一酸，有種想哭的感覺。這就是盡頭了嗎？無論我再怎麼堅持或拖延，終究要結束了嗎？多麼不情願，卻又無能為力，我可以拋下一切，管他什麼盤算好的未來，就用那些未來去多換一個小時，或者一分鐘，難道不行嗎？

「阿諺，」最後一次，我拉住他的手，在他要為我打開車門前。

「你會一直記得我嗎？」我知道這問題很蠢，但我想這麼問，就真的很想這麼問。而他伸出另一隻手，輕輕揩去了我終究還是不爭氣而流下的眼淚，點了點頭。

「閉上眼睛，」於是我對他說，如果最後免不了是這樣的結局，我希望至少他多記得一點關於我的存在，不要多，一點點就好。依言閉眼，他當然知道我想做什麼，在屏住呼吸的那瞬間，我抱住他的脖子，墊高腳尖，輕輕地吻了他的唇。

✤ 這是我一生中最幸福的一天。

走了好長一段路，才終於從停機車的地方，慢慢走到這海邊來。當然要更感謝那個民宿老闆，多虧他好心，才願意租機車給我們這兩個沒駕照的小女生。新生訓練的第一天，我認識一個同班的女生，她很可愛，有俏麗的短髮，還有一雙靈活的大眼睛，大家自我介紹時，她說自己叫作小七，數字的那個七。以前念的是音樂班，不過什麼樂器都學不好，現在只會彈彈吉他，寫寫自己的歌。

一樣來自北台灣的她，對這新環境絲毫不抱好感，因為她也跟我差不多，是被家人半強迫地送來的。問她理由，她說：「我爸覺得這個女兒不太正常，行為偏差，所以應該送去管理跟訓練都嚴格一點的地方，看會不會比較好，他開了一張有單獨招生的學校清單，讓我自己選一個去處，但我跟他說，如果要管理跟訓練都嚴格，那不如送我去軍校，或者乾脆把我賣給馬戲團好了。」

「喔。」我點頭，心裡在想，這個人真的怪怪的。

不過初次見面的印象非常好，所以當我問了孟庭跟阿符，確定她們都沒空陪我一起去旅行時，一通電話我就打給小七，而她也很爽快地答應同行。

我們一個人負責預訂火車跟船票，另一個則張羅旅行用品，在新生訓練結束後，趁著開學前的那最後一個星期，約好在台北車站碰頭，搭乘火車，轉過了宜蘭，過了花蓮，來到台東，再坐計程車到港口，然後渡海到綠島。

本來在火車上，行經花蓮那一段時，我很努力看著外頭的風景，想挑一個自己想像中，既有海又有公路的點，好想像阿諺如果在那兒開設咖啡店會有什麼景象，但無奈，花東線的鐵路不走海岸邊，卻沿著花東縱谷平原走，害我非常失望，只好期待在綠島可以看到那想像中的大草原。

「這裡寫著『危險勿入』耶。」在環島公路的路旁，一個看起來像是通往大草原的入口邊，我看著阻斷入口的護欄，以及那個老舊的告示牌，問小七這下該如何是好。

「妳的名字叫作危險嗎？」她反問我，而我搖頭，「那就對了，妳不叫作危險，我也不是，那看來這個告示牌不是寫給我們看的。」她說。

好長的一段路，非常崎嶇，草不長，頂多只到小腿高，但草叢中卻經常有一整坨的牛大便，我們一邊看風景，讚嘆這兒的景致，但一邊也得走得小心翼翼，免得遭遇不測。步行了大約半個小時，看多了一大片的青青草原，這才走到末端的懸崖邊，那兒又有一個告示，寫著「斷崖危險」。

不過都已經來到這裡了，那區區四個字又怎麼可能攔得住我們，慢慢地靠到崖邊，我低頭看見的是大約幾十公尺的高度，下面的海水竟是透明的湛藍，海裡的岩石都清晰可見。儘管八月底的綠島炎熱不已，但這兒卻不斷地有涼風颯爽。一起坐在崖邊，心曠神怡，我總算明白了阿諺說的，那是一種會讓人忘記悲傷的美麗藍色，可是小七居然點起香菸就開始抽，一副非常自在的樣子。

吹著風，遠眺著海，我心中卻回想起那天晚上。那時早看不見海了，堤防邊，只聽得見海潮聲。夜不算深，但天色已完全暗下，只有間隔距離有點遠的路燈一盞盞，淡淡地照明著，而海風微微悶熱，我一個人走回去，步伐說不上是輕快，但也沒有很無力，就那麼一步步，慢慢地、輕輕地走著而已。誰還在乎步伐的輕重緩慢呢？我一直咂著嘴唇，這當下光是重溫那個吻的滋味都不夠了。

我自然非常清楚，這是一段無能為力的愛情，在它開始前，我們總以為年齡是最大問題，但後來才慢慢發覺，其實年齡只是個表面的問題，真正的阻礙，在於因為年齡而帶來的種種差異，那包括了彼此的身分，還有我們各自經歷過的人生，而差異性這麼大的我們，就算走到了這一步，卻也依舊無法改變結果。

我摸摸自己的唇，以前曾經幻想過很多次，如果有一天我真的跟他接吻，那會是什麼滋味。今天這個想像終於成真，但沒想到，成真的同時，卻也已經是故事的盡頭，一切就這樣結束了。所以我不知該哭或該笑才好，甚至也不知道該怎麼面對自己的心情，而且回到家，晚一點還得面對老女人的犀利眼光，她一定看得出來什麼端倪，所以我得在回家之前，好好地把自己的心情調適好才行。

「真的不要我送妳回去？」當我提議要獨自走回去時，阿諺皺起眉頭來問我。他說這海邊太暗，路上又沒人車，萬一遇到危險，那可真的很危險。

「這段路我走過幾百遍，閉著眼睛都可以到家，放心吧。別又說我這是小孩子天真的想法，是真的，我比任何人都知道哪裡可以躲藏，哪裡可以埋伏，也知道哪條巷子可以逃命。所以別擔心我，好嗎？」努力讓自己臉上還有笑容，我走了幾步，回頭看著站在車門邊的阿諺，對他說：「你對這兒的路不熟，才要小心開車呢。」

「那妳到家給我電話。」他還是不放心。

「你才是到家給我個訊息。」裝作自己很大人的樣子，我叮嚀。

是呀，如果我也是個大人了，那是否一切就會改觀？只是這問題沒有假設的必要，因為我活在這當下，就只好在現實裡接受現實所帶來的結果。我們對這份愛都盡力了，對吧？當兩個人終於願意坦然地承認自己對彼此有所眷戀與不捨時，其實我們就已經圓滿了，不是嗎？既然如此，那我為什麼在走回去的途中，臉上既洋溢著幸福的笑，卻又流著淚呢？自己都不曉得為什麼，就這麼哭著，沒有抽噎，沒有哽咽，我的眼淚只是很自然且停不住地流下而已。可是我覺得自己是幸福的，這份潛藏了好久的愛情也已經圓滿了，此時此刻，是沒有任何不滿的。那些我曾對阿諺造成的麻煩與困擾，總算沒有讓他太過為難，而儘管雨過天晴後，就是故事的盡頭，但至少這份遺憾還挺美的不是？

我沒有特意加快腳步，只有慢慢地，像在散步一樣，輕輕地踱了回去。一邊走，我不斷地提醒自己，絕對不要回頭，別讓還站在我遠遠的後方的阿諺擔心，直到快要走完那段堤防邊的小路了，這才稍微回望一下，好遠的那邊，我還看得見阿諺的車停著，車頭燈明亮，他還在等我走完這段路，然後才能放心離開。

你到最後都還這樣為我擔著心嗎？傻瓜，我會好好的呀，真的，會一直好好的。讓眼淚痛快地流乾，到我家外頭的巷子口，我收到他傳來已經到家的訊息。看完，有窩心的溫暖感覺，於是在踏進我家玄關時，也回訊息告訴他：「親愛的你，我已到家。謝謝你陪我跑了一天，雖然很短暫，但這已經是我所經歷過，最幸福的一天。願我們都永遠記得，也願我們都走向各自最美好的未來。」

傳完訊息後，收好手機，深呼吸了一口，把眼上的淚痕擦乾，這才走了進去。而果不其然，老女人就在客廳裡。她丟下老公去辛苦工作，自己則準備在家聽八卦。

「別問，給錢就對了。」不等她開口，我伸手就跟她要失戀的旅行經費，臉上有淡淡的笑，但心裡充滿了感傷，就在手伸出來的同時，終於還是有忍不住的眼淚潰決。而老女人則嘆了一口氣，掏錢的同時，她給我一個好久好長的擁抱。

想呀想地，就這樣想了好久，當我拿著老女人給的一筆錢，終於來到這地方了，看天，看草原，也看海，什麼都好，什麼都美，但唯一的一個缺，卻是生命中最大的缺。小七在旁邊抽完了香菸，她問我怎麼會想來這個地圖上沒有明顯標示的地方，於是我給她說了一個故事，一個其實不怎麼輝煌動人，卻讓我刻骨銘心的故事。

「妳覺得遺憾嗎？」講了好久才講完，聽罷，她問我。

「其實還好，」我說我相信嘉愉姊說的，人還活著，故事就會一直繼續下去，誰也不知道五年或十年後，大家會變成什麼樣子。前幾天，她還打過電話給我，說阿純改變了計畫，要在德國再留兩年，看樣子她跟阿諺要結婚的事還早，不過最新的討論結果，則是兩個人可能明年初會先訂婚。

我的心裡充滿祝福，如果那是他的選擇，那麼就去吧，我不得不豁達，因為至少現階段，我很清楚自己不可能給阿諺什麼幸福，甚至只會害他丟了工作，或者因為誘拐未成年少女而坐牢。

沒有問我是不是真的很愛他，小七也是個早熟的女生，她知道我們這樣年紀的人，一旦愛了，那就是真的愛了，沒什麼真的或假的，儘管愛得那麼痛，但也會義無反顧地撲火，直到把自己燒光為止。

「很好的故事，我回去以後，寫一首歌送給妳，當作紀念。」聽我說完，小七拍拍我的肩膀，她說：「歌名叫作〈愛與痛的邊緣〉，妳說好不好？」

點頭，看著她一臉認真，於是我就笑了。心想著：是呀，在愛與痛的邊緣，我能夠牢握手中的，只有那一份跟你借來的幸福。那幸福好美，但也好短，就只有一天而已，而那還是我用滿身傷才換來的報償。我答應阿諺，以後會乖乖的，會聽我爸媽的話，到南部來念書，也會謹言慎行，不再給任何人亂添麻煩，但這一切，我只想跟他換一個條件，儘管真的是任性到了極點，但也就這麼一次，我求他答應我。一天就好，就在我要到南部的學校報到那天，希望他可以陪著我，讓我假裝我們是在一起的，假裝他是我的男朋友。沒有太多為難，他答應了。所以我們一起出門，去逛了台南，去看了整天的海。

好短暫哪，這幸福。短暫得讓人非得停住呼吸、用力睜大眼睛，才能避免漏掉任何一分一秒，這一天過去後，彼此要朝著各自的未來繼續前進，我們從兩個故事，變成一個故事，然後再變成兩個故事。可是儘管如此，我還是會永遠、永遠都記得，在那一天結束前，我們好輕、好輕的吻。

「你要記得我，千萬不能忘記，因為總有一天，我會長大的。」默默地，望著海天一色的美麗湛藍，我偷偷地對那個最思念的人說。

✤我會永遠記得，那幸福的一日間。

【全文完】

※後記

「全文完」之後，仍未結束的故事

直到故事寫完，我還是沒想好應該取個怎麼樣的篇名，心裡念茲在茲，就是割捨不下那個被打槍的「愛與痛的邊緣」，不過全世界都跟我說那聽起來很老派，像極了二十年前的愛情小說。非常沮喪，我一直認為它很有日式冷硬派的愛情故事風格。所以掙扎到最後，我還是非得讓它出現不可，不如此，難解心頭之苦悶。

寫完《那年我心中最美的旋律》後，終於對寫作有了很不一樣的觀感，過去，總以為自己不能認同村上春樹所說的，在完成一個讓自己愁腸千結的故事後，會面臨一段「無論如何都覺得自己暫時無法再寫長篇故事」的憂鬱期，感覺上似乎生命始終在繼續，對生活的感覺也就不曾中斷，理當不會有中斷創作的情事發生，然而，在上一本作品寫完後，我卻真的面臨這樣的心情，那是一種你逼迫自己，將所有對生命的熱情一次燒完後，面對所遺留下的灰燼，感到束手無策的窘境。原來，一個人可以將自己徹底壓榨至此。

所以原本該在七月底就將這篇稿子交給出版社的，卻死命延宕到了八月中，這中間除了寫作上真的有困難，自己一時還很難跳脫出上一篇故事的桎梏外，樂團的異常活躍也是原因之一，乃至於連續幾個題材，都在開頭了數千或上萬字後中途暫停，最後，在我覺得自己可能要暫時跑路，以逃躲編輯的通緝時，忽然想到這個以前就想過，卻從不曾好好地認真寫下來的故事。

不過小說的內容當然跟最初的構想不一樣，如果我讓國中剛畢業的女主角跟自己的老師太過赤裸裸地談一場轟轟烈烈的戀愛，我猜我所有的讀者都不會認同。所以劇情於是有了轉變，至少應該稍微淡化一下兩者之間的身分問題。

但是老師真的不可以跟學生談戀愛嗎？或者，學生真的不能愛上老師嗎？老實說，我根本不認為這是個無可突破的障礙。若因為年齡所象徵的成熟度，而使得這樣的愛情令人有所保留，那麼還尚可認同，但如果純粹以師道為重的觀點來看，那我會先說句髒話，再批評一句禮教吃人，楊過都跟小龍女在一起了，現在是什麼時代，何以一為師，一為徒，他們就不可以有愛情？

過偏了，我只是認為，在思慮很成熟完備的情況下，愛情不該受限於老師與學生之間的這道牆。但就像丁或幾次的闖禍，她認為自己做的都是對的，而事實上也是對的，至少那些讓阿諺焦頭爛額的狀況，其實都出自她的一片好心或愛心，只是思慮欠了周詳，而且輕估了這個世界有多現實與殘酷。若干年來，常聽見很多好年輕的小讀者在敘述自己的愛情故事，我聽著聽著，最常有的感慨是：如果再多個幾歲，能再多想一點，也許幸福就不遠了。

總之，帶著滿滿的惆悵，故事終於寫完了，在好不容易讓自己沉澱下來後，這回不寫太過波瀾壯闊的小說，如果花十三萬字，可以寫個故事線長達十幾年的小說，那麼這次應該換個角度，人物從開始熟絡、交集，到最後的結束，只有短短一個暑假，而他們的那份小小幸福，則只有短短的一天。我想嘗試，而我剛寫完。不用驚心動魄，只有幽幽細細的感懷，這個故事這樣就好，只是即使如此，當自己修完稿子，又重複看過一次後，其實還是很沉重，這故事怎麼會那麼沉呢？又一次感受到那種掏空的不舒服，它未完待續的況味實在太重了，那讓人很不能接受，怎麼丁彧跟阿諺的結尾只有如此？怎麼把故事停在這節骨眼上就寫了個「全文完」？我跟讀者說過，現實世界裡的倒楣事已經夠多了，小說應該盡量多點開心跟圓滿，那麼，是否這故事就有繼續下去的必要？

當然了，已經寫了十萬字後，剩下的滿天風雨，就應該留著下一本再開始。都說了人還活著，故事就不會中斷，試想，楔子寫的可是十年後的丁彧，她還有一個寫不出來，但交稿在即的劇本呢，那應該還有一點點讓人期待的地方吧？至少，我自己很想寫。所以，先喘口氣，在這凌晨三點整，先晃到外頭的便利商店去買包菸，再繼續寫。

穹風二〇一〇年八月十五日於沙鹿

國家圖書館出版品預行編目資料

幸福の一日間／穹風著. －－初版. －－臺北市：
商周出版：家庭傳媒城邦分公司發行, 2010. 10（民99）
面：　公分. －（網路小說；163）
ISBN 978-986-120-308-9（平裝）

857.7　　99016940

幸福の一日間

作　　者／穹風
企畫選書人／楊如玉
責 任 編 輯／楊如玉
版　　權／翁靜如
行 銷 業 務／甘霖、蘇魯屏
總 經 理／彭之琬
發 行 人／何飛鵬
法 律 顧 問／台英國際商務法律事務所　羅明通律師
出　　版／商周出版
台北市 104 民生東路二段 141 號 9 樓
電話：(02) 25007008　傳真：(02) 25007759
Blog：http://bwp25007008.pixnet.net/blog
E-mail：bwp.service@cite.com.tw
發　　行／英屬蓋曼群島商家庭傳媒股份有限公司城邦分公司
台北市 104 民生東路二段 141 號 2 樓
書虫客服專線：(02) 25007718、(02) 25007719
服務時間：週一至週五上午09:30-12:00；下午13:30-17:00
24 小時傳真專線：(02) 25001990、(02) 25001991
劃撥帳號：19863813；戶名：書虫股份有限公司
讀者服務信箱：service@readingclub.com.tw
城邦讀書花園：www.cite.com.tw
香港發行所／城邦（香港）出版集團有限公司
香港灣仔駱克道193號東超商業中心1樓
E-mail：hkcite@biznetvigator.com
電話：(852)25086231　傳真：(852) 25789337
馬新發行所／城邦（馬新）出版集團【Cité (M) Sdn. Bhd. (458372U)】
11, Jalan 30D/146, Desa Tasik, Sungai Besi,
57000 Kuala Lumpur, Malaysia.
電話：(603)90563833　傳真：(603)90562833
版 型 設 計／小題大作
封 面 設 計／黃聖文
排　　版／新鑫電腦排版工作室
印　　刷／鴻霖印刷傳媒股份有限公司
總 經 銷／聯合發行股份有限公司
電話：(02)29178022　傳真：(02)29156275

■ 2010 年 10 月 28 日初版
■ 2011 年 6月 27 日初版16.5刷
定價200元

Printed in Taiwan
城邦讀書花園
www.cite.com.tw

 ISBN　978-986-120-308-9

商周出版

廣　告　回
北區郵政管理登記
台北廣字第000791
郵資已付，免貼郵

104台北市民生東路二段141號2樓

英屬蓋曼群島商家庭傳媒股份有限公司　城邦分公司

請沿虛線對摺，謝謝！

商周出版

書號： BX4163	**書名：** 幸福の一日間	**編碼：**

商周出版

讀者回函卡

謝謝您購買我們出版的書籍！請費心填寫此回函卡，我們將不定期寄上城邦集團最新的出版訊息。若於2010年11月30日前回覆本書讀者回函卡(郵戳為憑)，即有機會免費獲得hypo提供之「12平方寫真書」(共20個名額)，贈品名單將於12月10日同步公佈於商周出版及商周網路小說部落格。

姓名：________________

性別：□男　□女

生日：西元________年________月________日

地址：________________

聯絡電話：____________　傳真：____________

E-mail：________________

職業：□1.學生 □2.軍公教 □3.服務 □4.金融 □5.製造 □6.資訊
□7.傳播 □8.自由業 □9.農漁牧 □10.家管 □11.退休
□12.其他____________

您從何種方式得知本書消息?

□1.書店□2.網路□3.報紙□4.雜誌□5.廣播 □6.電視 □7.親友推薦
□8.其他____________

您通常以何種方式購書?

□1.書店□2.網路□3.傳真訂購□4.郵局劃撥 □5.其他________

您喜歡閱讀哪些類別的書籍?

□1.財經商業□2.自然科學 □3.歷史□4.法律□5.文學□6.休閒旅遊
□7.小說□8.人物傳記□9.生活、勵志□10.其他________

對我們的建議：

____

____

____

____